U0062141

佬文青：無限好

李偉民

序

很累的……目前……

如兩者不一樣同；工作，便別談理想，追求理想時，便別眷戀工作的穩定收入。我，貪魚，也貪熊掌。故，兩者，難離，更難捨。唏，這事情很多年了。

看着滴答、滴答的時鐘，分秒如梭，我從 1、2、3、4、5、6、7、8、9、10、11、12 過隙，光陰總是不夠，做不完的事情，如一團火在煎熬；可否一小時是 120 分鐘，讓我倍增時間來搏鬥？

乍然，想把工作桌上的電腦、手機、文件、筆，通通拋進大海，甚麼都別碰我！望着天空發呆，天空幻化紫紅色，非常療癒。

當疲倦不只是一個狀態，惡化為心態，佔據腦袋，成為靈魂的某種表態。生命，此時此刻，是否要找下台階？

近來，翻手機，見到別人去古巴旅遊的照片、去哥本哈根跑步的 TikTok、撲向峴港海邊酒店的影片，依依不捨盯着，羨慕之心，愈套愈緊。

だんしやり，斷捨離。

青春，不再是手執擲向別人的泥沙，而是無力的花飛花謝。

夕陽無限好，只是近黃昏。

我不叫李偉民，想做登樂遊原的李商隱。

一切，如臨夜幕。怕將逝。

李偉民

2022

我的文化恩人，「天地圖書」偉人陳松齡在 2022 年 1 月帶走半世紀書香……

夜未央，人已踏出門口——筵席還不散。

到了我這半新不舊的地步，回想，總是沉重的；過客看過客，故人，聚的少，走的多，死亡題目，常纏繞我的思緒。感謝這文章的機會，我坐下來，像翻看發黃的相片簿，一張又一張，思憶之情，似剪不斷的流水，又似陳松齡前輩靈堂的空氣，黏黏哀痛。

約 1958 年，陳前輩和太太從澳門來香港，赤手空拳。他生於 1936 年 3 月，從雜誌社助理做上去，在 1976 年，接手掌管「天地圖書」，在老先生的努力下，天地出了一個又一個香港的頂尖作家，把它推向成功。走的時候，前輩 85 歲。大千世界，百萬人海，能夠在 1996 年，在

PROTE
Columbia

天地作家查小欣的介紹下，認識了陳松齡前輩，相遇是緣，前輩高興地說：「天地培養香港作家，你們的寫作主意新鮮，試試！」跟着，他問了作者最害怕的一句話：「何時交稿呢？」於是，我和查出版了香港第一本法律小說，叫《被告：香豌豆》。他前後給我出版了 11 本書。

26 年來，一直為天地做文字工作，天地上下，文化是使命，像日本電影《字裏人間》的編譯工作室，是「香港風」的出版社；我常和陳前輩敘舊，那是緣分中的花朵。在他的慈祥照顧下，也和他的太太、女兒、女婿、兩個孫兒，交往交心 (我還是 Henry 的 internship 老師，他不怕辛苦，為我的律師行搬運文件)。吔！兩個小伙子也長大了。

此刻，望着冷得如結冰的海面，回憶過去的飯局，太古城的翠園、康怡花園的 ClubONE、太古廣場金葉庭，還有，軒尼詩道益新美食館、告士打道佳寧娜潮州酒樓……每一幕，都有陳前輩溫暖在場，掛冬天頸巾，穿夏天「的確涼」襯衣，吃是次要，聊天就是快樂；陳前輩刻意尊重我，永遠叫我「李律師」。前輩打扮和舉止，端端正正，像一位教授，博學多聞，他每星期看一本書，敦厚地把所知所思，輕鬆地分享，最喜歡他談到作家的故事，而沒有半句閒話。他答應介紹師祖白先勇給我認識，最後，龍應台來港；可惜，我趕不及去香港大學聽她的課。

閱歷豐富的他，處變不驚、榮辱不動，香港的大事，他都經歷過，事情明明是萬馬千軍，他輕描淡寫，說：「你看，『這些人呢』(他的口頭禪)，只是地上的一團火蟻吧……」爾雅的他，沒有不快語氣，專心地聽我胡扯。管他多病，慈愛的臉上，還是露出不易察覺的微笑。溫情的漣漪，經過他筷子提起的一個叉燒包，不光是放入我的小碗，更窩心地送入心坎。他說：「李律師呀，你要多寫呀，多些地盤，多些出書，愈寫愈好；這樣，才會如我們的亦舒、蔡瀾般有名呀！」他又用心地教我：「下筆，要公道，先明白正反兩面，再考慮自己對問題的盲點！」我太忙，睡眠不足，那把年紀還長青春痘，有心無力，錯過了還有人看書的九十年代，辜負了這「乾爹」的好意！今天，奈何花落去。

他認真地勸我：「你中英文得體，又懂法律，在政府委員會服務了多年，應該走向社會，努力為文化、藝術、出版界盡一分力，改善目前香港的環境。」我尷尬地笑：「我們，都有一口痰，當文人，可以吐出來；如要面對公眾的，卻須吞下肚，待我先鍛煉消化系統！」

陳前輩和我都喜歡看電影，他看 DVD，我去電影院，但我不時給他買影碟。他好奇，問：「你家裏的電視機很小嗎？」我失笑：「我喜歡戲院那漆黑中的動躍！」

數年前吧，陳前輩打電話給我，語帶不捨：「李律師，我退休了，以後事情，找我女兒吧！」我說：「你是品味和水準的把關，天地沒有你，怎行？」他答：「文化出版事業，是集體任務，不以利潤先行，要鼓勵讀書風氣，我不在前線時，你們要接續使命呀。」我以為他的決定，是年紀問題，回頭看來，想是他的身體早已出了毛病。在靈堂上，他的能幹女兒 Terri，把真實狀況告訴了我；我深深敬佩：「前輩為人設想，不希望別人擔心，故說到身體健康，只是蜻蜓點水，怪不得數個月前，在駱克道家全七福酒家飲茶後，我多次邀請前輩出來見面，你都是叫我等等。唉！」

別了，陳松齡前輩，你就像親人，亦是我的文化恩人；一直以來，你鼓勵我寫作，你說：「你的中文有『香港味』，但放心，這是特色呀！」過去二十多年，我往往意志不堅定，「寫吓又停吓」，你依舊相信我，不離不棄，叫我加把勁。約 6 年前，我慾望痙攣，打算再出書，當時，出版環境很不理想，你一貫地寵壞我這懶人，給我出書的機會；在此，彎腰感謝，是你，讓天地成為我文化的家，放心，你家裏及天地誰人有難題，我會飛奔去幫忙！

你走後，你的好女兒，每天都照顧陳太太，不必擔心；而陳太太，溫柔地堅強，她慢慢的說：「人生，總會別離，心永在，便沒事了！」沒話可說，一家人，都擁有你的化雨東風；前輩，哲人雖逝，風範永存。

葬禮沒有宗教儀式，安靜的，好友聚會追思，他留下的親人，如鏡湖地平靜，吩咐大家放心放下。Terri 走過來，輕輕問：「你要看父親的遺容嗎？」我想想，答：「不用了！謝謝！」我不想見到他閉上眼睛躺在一個木箱的景象，因為那確定了陳前輩的離開。在某天的毛毛細雨中，莊士敦道，天地門市外面的電車站，我看到一個老人的背影，看到他回頭說了一句：「別忘記，香港作家，要灌溉香港的文字天地！」我喃喃：「還好，老人家只是去了澳門小住吧！」家人、朋友，有緣的，某年、某月、某種空間，總會重逢⋯⋯

陳前輩送過一本古龍散文集給我，天地出版，厚得像半個枕頭，有一句說：「在死亡面前，最偉大的人也會變得平凡。」此際，我想請老人家去 1954 年至今的益新美食館吃蝦餃燒賣；想聽聽你喜歡的音樂《Cinema Paradiso》。

以前，我和陳家飲茶後，在回家的路上，總是兩台的士，坐得滿滿；將來，我和你的家人，仍然會叫兩台的士，把前座位置留給你，讓你「有容，德乃大」的精神，繼續帶領香港人的書店天地圖書、文化出版界、你的一家人，在白晝、或深夜，不變地尋找進步方向……

思往事故人，生別離，愁，難免如織……

目錄

第一章

事

第二章

人

第一章

事

《梅艷芳》：梅艷芳

《梅艷芳》是香港人美麗且哀傷的集體回憶，不能不看！

傳奇電影《梅艷芳》，天天大賣，各個年紀的觀眾都有，行內人許多「大跌眼鏡」；我們太珍惜香港本土文化和歷史。有些人説：「熱愛本地文化，和愛國情懷相違。」未敢苟同，香港是中國的一部份，愛香港和愛國家民族，沒有矛盾。

一直害怕看新片《梅艷芳》：男兒有淚不輕彈；但是，男人是會哭的。往事，給了太多原因流淚；但未來，朋友一個個如梅艷芳離我等而去；眼淚，留給當年而哭？還是留待明天應急？集體思念，比利刀更鋒。在 2003 年 4 月，偶像張國榮之死，我傷心了大半年。

梅艷芳，Anita Mui，香港歷史上最傳奇的巨星，被譽為「香港女兒」。她生於 1963 年，死於 2003 年的 12 月，留下斷腸的歌曲過百首，如《親密愛人》、《夢伴》、《烈燄紅唇》等；那年代，我們和她一同活過，香港最輝煌的歲月。梅有的，未必是深度，而是神級的魅力。

梅艷芳，自小，沒有爸爸，4 歲便要跟隨媽媽登台賺錢，唸書不多；六十年代，不管法例寫甚麼，滿街都是「梅艷芳」，小女孩未夠 10 歲，母親拖着她的手，去工廠穿塑膠花；男孩子，則跟着師傅做學徒，沒有工資，只求三餐和住宿。

我認識的梅艷芳，是她走前的最後幾年，她是香港演藝人協

11月12日 終相見 情懷未變
梅艷芳
ANITA
GENIUS AT WORK
梁樂民
編劇/導演
盡量用香港新演員
預售 ADVANCE 2021-11-27 Saturday (星期六)
LOVE AFTER LOVE
*08:55
Anita(Atmos)
Eternals
13:05 18:50 21:45
ENCANTO
11:35 16:45
Anita
Showbiz Spy
20:10 22:00
HOUSE OF GUCCI
21:55
Ghostbusters: Afterlife
*08:55 17:50 22:15

會的會長，我是協會的義務法律顧問，為了這個原因，由梅艷芳策動的「天地不容」聲討行動和 SARS 疫情《1:99 大匯演》籌款，我是「後勤部隊」，還記起大球場的舞台；看到「側面」的梅艷芳：很蒼白、很瘦弱、很溫柔、很禮貌、很有凝聚力、很愛遲到一兩小時以上。很多人稱梅艷芳為「百變天后」，故此，不同人看到她台前幕後的不同面貌，我猜：晚上，高朋滿座，在她家飲酒、吃飯的友人，才算看到梅艷芳的「正面」。在工作層面上，我感受到梅艷芳是女中豪傑，遇到搞不通的事情，只要「Anita 會長」出馬，打幾個電話，誰人都從 No 變了 Yes。Anita 看人的眼神很堅定，把人的心靈也召去。她最受人尊敬的是「義氣」，扶弱鋤強、言出必行，電影中，她說：「對人、對歌，都要有義氣！」Anita 的性情剛烈，剛初出道時，謠傳她手臂有紋身，但她一直不肯證明自己沒有，直至多年後，才露出粉臂。

早於 1984 年，香港有一部講述女主角顧美華回鄉奔喪，引發一段三角感情的細膩電影，主題曲叫《似水流年》；梅艷芳所有歌曲中，它牽動我情懷，自此，她成了我的偶像。八十年代，我是「演唱會之父」張耀榮的法律顧問，我開律師所時，第一塊收到的賀匾，是張生所送的：他是七十年代建築大王，每逢行業的「魯班先師誕」，他一擲千金，聘請當紅歌星在尖沙咀海城（今天的 K11 MUSEA）和海洋皇宮（今天的海港城）夜總會獻唱，大受歡迎，故此，後來他進軍娛樂圈。八十年代的「紅館」演唱會，極多是「耀榮叔」出資的，誰人想搞演唱會，他便立刻送上一張支票作訂，我後悔不是歌星。他介紹了「金牌經理人」陳淑芬的丈夫陳柳泉（David）給我認識。約 1987 年，David 告訴我：「張國榮和梅艷芳會去巴黎登台，你也身在那裏，一起來宵夜吧！」當時，像個小影迷般興奮，可一睹梅艷芳風韻，激起心中浪花，可惜，我和他們的逗留日期，只重疊一個晚上。那夜，巴黎漫天寒風和白雪，聽着 Anita 的歌《蔓珠莎華》在等，但交通糟糕，最終沒有碰上。在九十年代末，我最後也邂逅了這位偶像，時也，命也。

圈中人聽到拍梅艷芳傳，一方面高興，可向傳奇巨星致敬；另一方面，有三個擔心：誰演梅艷芳，當今的女明星，有沒有一個擁有江湖俠女的氣質？另一個擔心，梅艷芳是近世的，身邊的人還沒有走，故事怎好說？因為法律上，死者的親屬，雖然不能代逝者起訴誹謗，但是在生的人，可以因為故事內容涉及自己，而錯誤地讓別人對自己有貶損的觀感，便可訴訟，舉例，誰敢説張國榮的故事，「唐唐」仍龍精虎猛，「敏感地方」碰不得；所以，業界都不敢拍《李小龍》的真實情況，因為他的遺孀，非常保護李小龍，打官司是等閒事。最後是擔心拍這些「懷舊」片，調研非常重要，一景一物，都要回到數十年前，如果拍得「失真」，會遭指點。

今次，有眼光的投資者是百老匯院線的老闆 Bill Kong，而他同事們的成功宣傳，應記一功。看報紙，他說決定拍《梅艷芳》，是因為當年答應了梅艷芳合作一部電影，現在履行承諾（不知道是否指大作家李碧華曾經準備過的一部電影，叫《小明星傳》）。中外演藝歷史，都有類同的「苦命女子」，Anita 像兩個人：一個是三十年代的香港粵曲巨星小明星（鄧曼薇），她 11 歲學藝賣唱，歌曲《風流夢》紅得像今天的《月亮代表我的心》，可惜一生被情所騙；30 歲時，時為 1942 年，在台上唱到一曲《秋墳》的中段，吐血昏迷，翌日逝世。另一個是 Edith Piaf，1915 年出生於巴黎的貧窮家庭，母親是街頭歌手，Edith 從小便唱歌為生，《玫瑰人生》（*La Vie En Rose*），紅遍全球至今，但她逃不出被情折磨、酒醉消愁，48 歲時，肝癌逝世，時為 1963 年。當然，在歌唱事業上，梅艷芳更接近八十年代的麥當娜（Madonna），兩者都是爆紅於 1980 年初，把新女權主義搬到舞台上，以炫誇和大膽的聲色藝告訴大眾，女性不單止在政治上，和男性享有同等地位，更有權在感情路上，不理世俗，敢愛敢恨。Anita 的當紅歌曲叫《壞女孩》，Madonna 的，叫《Material Girl》，我在想，假如梅艷芳仍在世，會不會如今天的麥當娜，和年紀相差 40 年的小鮮肉談戀愛？年輕人問我：「誰是 Madonna ？梅艷芳像 Lady Gaga 吧！」

關於三點擔心，看罷《梅艷芳》，真心佩服，超額解決。新人王丹妮扮演 Anita，神韻、小動作，俱似，一定下了很大的苦功！吃力又討好，還透出自己的魅力，絕不是「飲鴆止渴」的代品。香港電影史上，她是第二位「拷貝版」超級神似的；1964 年，《不了情》亞洲影后林黛自殺身亡，留下未完成的電影《藍與黑》，由新人杜蝶接替，她當年技驚四座。今次，古天樂演 Anita 的恩師劉培基，很是出色，收起了猛男的剛勁，滲出秀俏的高雅。至於演張國榮的劉俊謙，便缺乏了 Leslie 的陰柔，其他演員，演技一般，缺乏了真實人物梅愛芳、蘇孝良、何冠昌等的神韻。當然，許多都是後輩，並沒有在那圈子活過，舊人，對他們來說，都是一塊神秘面紗。電影不是模仿比賽，但是，如果演員能給觀眾 surprise，那意外的快悦，會更了不起。

至於法律風險，這部電影成功避開了三個「鋒口」位：第一，它沒有談及常常「搞出大新聞」的梅艷芳媽媽；這母親在 Anita 死後，搞出多場的官司。那年，我為律師紀律審裁組服務，有一個公開判決，是關於一位律師和梅媽媽的「某種」協議，唉，也許這是 Anita 的續緣。第二，Anita 有多段「疑似」情史，電影沒有半點落墨，包括「鄒生」、「保羅」、「趙生」等等（而且，電影提及的，也只能用別名，例如「後藤夕輝」，而不是指近藤真彥）；劉德華這單向 platonic 愛人也沒有講到。第三，梅艷芳在九龍塘酒吧被打一事，後來發展到兩個江湖「大佬」被槍殺，這部電影也不再描述下去了。

最後，我要向導演梁樂民（Longman）致敬，他是我中學英華書院的師弟，從電影美指變了金像導演，我問他：「要你再花六年時間，拍一部懷舊電影，可以嗎？」他笑：「唉吔，好事多磨，拍這些又要符合歷史背景、又要有戲劇性、又要重現當年影像，好『攞命』㗎！」這位師弟是完美主義者，為《梅艷芳》這電影下過的數噸心血，不懼重擔，每一個細節，如髮飾、服裝、道具、電腦特效等，都非常細緻，他能完成這作品，可以說「大難不死」了。

我曾在演藝圈的後門把關，也活過梅艷芳的精彩香港年華，「心債」特多，例如電影提及一個女子叫「Tina」，對觀眾是沒有多大意義，但對我來說，卻勾起百千回憶。一如所料，看《梅艷芳》的兩小時，留下的男兒淚，把座椅都染酸了；追念，是絞痛的。宛若，此刻如某週六晚上，尖沙咀的 Hollywood East 和 Canton Disco、中環希爾頓酒店的嚤囉街 Cat Street、德己立街的 Disco

Disco，突然見到Danny（陳百強）、Leslie（張國榮）、Roman（羅文）、Paul（鍾保羅）穿起「夜行戰衣」，活現眼前……沒有經歷過那年代夜生活的人，又怎能攀談梅艷芳時代。

《梅艷芳》散場時，觀眾依依不捨，彷彿回到2003年的紅館，看到白婚紗的Anita，沉重地唱出《夕陽之歌》；我希望有一部《梅艷芳前傳》，細述香港六十年代歌壇的日子。前輩鍾叮噹當年在荔園遊樂場和梅艷芳日日夜夜登台，她說：「唉，能說出六十年代歌女日子的，也『買少見少』了，恐怕有我啦、呂珊啦、張圓圓啦！那時候，更窮更苦的，必定是另一劇院的脫衣舞女郎們吧，曲終，自己把最後的『防線』也撕掉呢！」

梅艷芳的一生，充滿着如她所說「香港人永不被打敗」的精神，也如香港的「車仔麵」，甜酸苦辣的配料烹調其中，色味俱全，強濃味道的美食，湯面撒下的一點「女人香」；天呀，都20年了，仍被她的「胭脂扣」住！

Mirror 爆紅：決定論

香港樂壇，一潭死水，突變一池春水。電台主持人森美叫它做「熊熊火光」。

唱跳男團 Mirror 去到那裏，「千」人空巷；有一次，我在 Landmark 遇上「鏡仔」活動，水洩不通，要「擩路避」。

愛因斯坦在一封信寫道：「你信仰投骰子的上帝，我卻信仰完備的定律。」

凡事，「有因必有其果」，「決定論」（Determinism）説：所有現實，不是意外，有着其合理的背景來解釋。近一、兩年，在香港紅得如火灼的 12 人男團 Mirror，引來很多人奇怪：「為甚麼？」、「這些男孩在旺角常見！」、「粉絲中，高『違和感』的姨姨輩，爭先恐後，着魔嗎？」其實，Mirror 內，有大學生、懂音樂的、跳舞老師，全是經過刻意安排，得出來的一塊寶玉。

Mirror 是電視台 ViuTV 從它選秀節目《全民造星》挑選得獎者組合而成的 boys group，於 2018 年出道。最初，被人取笑為「雜牌軍」、「厚粉男團」，批評的人，不了解底細；Mirror 其實是電視台精心策劃，神威大發的成果：他們現有數百計的廣告和活動、演唱會呢，黃牛票炒至過萬、歌迷豪花百萬元為 Mirror 慶祝生日……除了八十年代的「四大天王」，樂壇很久沒有這樣瘋狂。當然，很多人如我，不會是 Mirror 的粉絲，但是，香港從 2000 年至今，

都飽受別人暗黑的冷眼，現在終於出現了 Mirror 這般有「出口價值」的藝人，我們何必攻擊，毀掉了香港重振聲威的一根稻草。

為何出現 Mirror ？如有「決定論」，道理便是這樣：樂壇盛極必衰，衰極必亂，亂極必變，變極必起，起極必盛；就如人類的歷史循環論。

不過，娛樂圈的老手們都說：「Mirror 這類男團，還 12 個人這麼多，遲早會有分歧，特別是大部份成員超過 30 歲的時候，當然，沒有人想看到這天；因為，Mirror 的出現，是『天時、地利、人和』的完美結合，解散後，今天的盛況不易再！」

Mirror 的紅透，有五個背後的因素：

❶電視台 ViuTV 在背後發功

數十年前，法例沒有限制電視台兼營經理人業務，當時，張國榮和梅艷芳是HKTVB附屬公司的藝人，所以，兩人被捧至大紅；但是，政府後來管制，TVB 再沒有自己的歌星。近年，當局放寬這規定，電視台可再簽約歌星，作為經理人。

不過，TVB 從來沒有組成過這麼大規模的 boys group，現在 ViuTV 在「nothing to lose」的勇氣下，代理了 12 人，並用心栽培，手法像是日本數十人的「AKB48」女子偶像團體，讓粉絲跟隨偶像而成長，例如分享他們的私生活，利用社交媒體大量發放和互動。

電視傳媒雖然滑落，但是，對於新人推廣，影響力猶在。如

Mirror 沒有電視台在後面推波助瀾，製造 noise、機會、曝光，Mirror 只會像其他唱片公司的藝人，在資源不足的情況下，飲恨而終。例如，Mirror 今年的大紅，是因為商業電台的「叱咤音樂獎」頒了給 Mirror，肯定他們專業歌手的地位。

❷女大男稚社會現象

Mirror 的大紅，更是女性「反下為上」的社會宣言。

香港社會，男女平等，而「姐弟戀愛感覺」，是不少女性所渴望的，有人説是「老牛吃嫩草」或「箣杜鵑包圍怕醜草」，所以，Mirror 除了小妹妹捧場，主要是大量中年姨姨粉絲；Mirror 滿足了她們的少女心，心理上，可以戲慕小弟弟，外國人戲謔這些人做「cougars」（美洲獅）。

和老男人在一起，隨時平淡無奇，甚至厭煩；小男人的稚嫩，可以尋回初戀感覺；聽説有些丈夫不安，已成立「MIRROR 導致婚姻破裂關注組」，防止太太追星。

❸伯樂「花姐」的本領

Mirror 的成員，來自 ViuTV 的選秀比賽《全民造星》，監製便是「花姐」（黃慧君），她中七畢業，原本想唸「社工」，結果去了電視台當助理，花姐的背後，是金廣誠，但「細金」低調，從不出來解説。花姐擅長製作舞台節目，她的目標是重振樂壇，打造新一代偶像。

花姐的策略，是把《全民造星》弄成一個為時數月的「真人show」，慢慢推銷參賽者的真性情：這群年輕人會快樂、傷心、內訌、團結。他們的個人和家庭情況，也被公開；又被送去美國受訓，拍下他們現實生活點滴。花姐更化身「馬評人」角色，出鏡評論參賽者的長短處。花姐外型豐滿，説話辛辣有趣、批評一語中的，把 12 人不足之處，取長補短，她成功地培育觀眾，把他們變成 Mirror 的追隨者。

比賽中段以後，她還安排觀眾現場接觸這班小子；所以 Mirror 未出道前，早於 2018 年，已有大量粉絲跟隨。有一次，我從外地回來，機場有 100 位女孩叫喊「Mirror」，這是我第一次感受到 Mirror 的威力。

許多 boys group，不懂得如何共處，於是很快便解散；花姐有話直説，「兇狠」地訓導 Mirror 成員，但每句話像媽媽，真心地、愛護地，讓成員明白自己的優點和缺點，最後成為心理質素優良的藝人。

到目前為止，Mirror 眾子，尚算「聽教」，花姐功不可沒；而她最聰明的是利用《全民造星》這個比賽，老早為 Mirror 建立「鐵粉」，「仆心仆命」地花錢為 Mirror 助勢，隨時可結集 1,000 人，這些「侍兒」，哪裏找？

花姐為 Mirror 加添兩個隊長，正的是 Lokman，副的是 Anson Kong，他們為了維持 Mirror 的穩定，付出很多；Lokman 充滿領袖的氣場；他曾經為 Mirror 哭過：「有時候，看見隊員分開兩邊，而自己想不出辦法解決，像捲了入漩渦！」

❹成員精心取「才」

很多人以為 Mirror 只是「花靚儫」的小鮮肉，並不對；不少已接近 30 歲，主要受最紅的姜濤影響，只有 23 歲。其實，有些成員在未加入 Mirror 前，已有舞台經驗，並非阿蒙；他們熱愛表演，才捱到今天的成就。

ViuTV 挑選的 Mirror 成員，悉心設計，各具代表性：「草莓男」姜濤（他主打「kawaii」，是最紅偶像）、「健康男」Ian（他曾是香港排球代表隊）、「搞笑男」Edan（看他在《大叔的愛》的搞笑演技，是喜劇的接班人）、「歌神」Jer、「小生型」Anson Kong，英俊誠懇、「肌肉男」Stanley、「街舞王」Lokman、「Rap 童」Alton、「暖男」Frankie、「Oppa 教主」Anson Lo（走 metrosexual 路線）、「拉丁舞王子」Tiger、「花美男」Jeremy。這 12 人，琴棋書畫、梅蘭菊竹，如超市「放題」，給粉絲各取所需。

ViuTV 造星時，放膽地低價入市、「擴大生產規模」、增加經濟效益，這成果叫 economies of scale。

❺ COVID-19 的天助人助

三國時，周瑜想利用風勢，把火勢蔓延向曹操軍營，可惜東風沒有來到，計劃也失敗了，這叫「萬事俱備，只欠東風」。

現在剛好相反，有了上述❶、❷、❸、❹點，碰上 2020 和 2021 年的疫情「東風」：香港歌迷愛上的「韓星團」來不了香港，而歌迷也飛不了去韓國，於是留港消費，不假外求，興旺了本地的 Mirror。此外，香港有一批中年的「三拋族」（放棄戀愛、結婚和生育的女人），以往經常去旅行，現在關在香港，總要找點事情忙忙，因而變成 Mirror 的追星族。

數年來，我目睹 Mirror 的茁壯成長。在古代，吐谷渾國王阿豺有子 20 人，各有本領，於是開始爭鬥。有一天，阿豺臨終時，叫了兒子們去到病床旁，叫他們各交給他一枝箭，阿豺把其中一枝交給他的弟弟，稍一用力，箭就斷了；接着，阿豺把剩下的十九枝箭捆在一起，大家咬牙彎腰，未能把箭弄斷。希望 Mirror 十二男孩明白這道理。

人各有志，當處理一個 boys group，最難是「期望管理」，因為人大了，想法便會不一樣，到時，合久便分；不過，這邊廂，「鏡迷」已大叫「不要散 band」、「不要吵架」、「姜濤不要破處」、「不要拋棄我們」……

「Mirror, mirror on the wall, who's the fairest of them all?」在此，願 Mirror 紅遍亞洲，為香港重振聲威，到處都有歌迷「鏡魔症候群」。

香港樂壇，正式交棒了！

我的少年：空悲切

2021年，大家都力不從心。

動盪、瘟疫，從生命偷走了兩年；很焦心，《青春舞曲》快奏完。

回看我的過去，恐怕是兩個字「枉費」：枉費規劃生涯的苦心。走錯方向、交錯人、小看人生。失誤和失落，少年頭，白了。

今天，汽車轉線，來得及嗎？

從小到大，除了大學那三、四年，未曾玩過。算罷，數十年的路，都未走歪過，連劈門入屋的勇氣都沒有，還是呆坐小花園，望天，高空萬里有雲，但蓋不滿湛藍；身旁，尚餘一棵仙人掌。

人，存世方式有三種：賺錢後，玩和吃，這是活着為了「性命」的動物；靜靜享受生命的，行行山、看看書，無欲復無求，快樂和物質無關，這是第二類；我是第三種，「使命」派，深信「天生我材必有用」，天天努力，歲歲加油；但是，理想，只是永不停站的列車，衝呀衝呀，何年休止？我們因死而生，還是因生而死？年紀大了，更搞不清。數十年，忙亂在十字路口的安全島東張西望；哼，白活，白活，人不「風流」枉少年。

年輕人，皆嚮往自由，憧憬流浪，我卻在27歲，和同學在中環畢打街成立了自己的律師事務所，誰料，那不是工作地方這般簡單，它是塵網，我成為「誤落塵網中，一去三十年」的蜘蛛俠。

青春的愛和夢，或沒有將來，但是不枉少年；我的青春日子，

卻花在律師行打拼，天光到天黑；睡覺，也見到客戶追着交功課；到如今「熟」了，才做夢，香港人愛罵「唔化」。

勇氣，要不知天高地厚，它是尋夢的動力，我尋夢的勇氣，全因不甘「枉少年」；數十年過去，只是忙於工作；舊人不再，舊情不綿，舊歡不如夢。失血過多。

創作世界，又另一個蜘蛛網，掛在空中，飄飄搖搖。

故，久欲，脫塵網。

不再埋怨，整裝待發，2021 年 7 月 18 日（星期天），去書展，努力宣傳我的新書《枉少年》吧，和林家棟對談，聊他的電影《殺出個黃昏》；請你支持香港寫作的，支持出版的，支持倖存的香港文化事業，買一本《枉少年》。莫等閒，空悲切。

聲夢傳奇：引體上升

青春，可燃燒。

青年們有兩個炸藥庫：一個是負面情緒，一個是正面潛能；2021 年的電視節目《聲夢傳奇》，點燃了後者。

二十多年沒有「追」電視節目，上一次是 2001 年的《尋秦記》，欣賞古天樂和林峯的奪目演出。近日，返老還童，每逢星期六，追看《聲夢傳奇》，精彩的歌唱比賽節目。看的原因，為了「感動」和「改觀」：大家常說香港的少男少女像「草莓族」，外表好看，但抗壓性低；今年，出了一個更激的取笑名詞，叫「躺平主義」，比先前的「佛系青年」更峻厲。僧人還要敲經打掃，但懶人躺在那裏，不動不求；出現這些現象，是誰的責任？

《聲夢》的形式有趣，但不新鮮，和內地的偶像「選秀」節目，似曾相識。大家見證了參賽者數月間的成長：他們每兩星期要換新的歌曲和表演方式，真不容易。節目分開三種模式：「歌唱比賽」、「真人騷」（reality show）和「綜合晚會」。它有五大環節：參賽者比賽、分隊合作、專業歌手擔任導師、大堆頭的評判「指點」，當然，避不了加些「催淚味精」，如低分的，被關到「危險房」罰坐，又家訪落敗者等。

參賽者背景不同，有些是水電工，有些是富家女，都十來二十歲，年紀最細是 14 歲；我的 14 歲，還在「流鼻涕、飆眼水」，他們卻要應付沉重的壓力。

首先，要面對「打生打死」的比賽，每一集不被淘汰，才可參加下一回合的比武。

跟着，「拋頭露面」，讓百多萬的電視觀眾認識你。當上街時，後面突然有人說：「他便是輸了的 XXX 囉！」

第三，評判的「評頭品足」是跑不掉，他們會說：「你不知道自己唱甚麼？」、「以為你唱泰文！」、「你不應該在這舞台上！」

最後，時刻「擔驚受怕」，因為有些項目是隊際計分，自己好，但是隊友不好，也會被牽連淘汰。

身邊的朋友，對《聲夢傳奇》不敢苟同，說：「十來歲，應該勤力讀書，不應該發歌星夢！」

我十分同意，但有些才藝的發展，如音樂、舞蹈、運動，從童年開始學習，是最見效的。所謂「日子有功」，愈早受訓，成就愈驕人；例如戲曲，幾歲便應入行。中國人說「萬般皆下品，惟有讀書高」：各行各業均屬下等，只有讀書，才能出人頭地；但是，現在的大學教育「量化寬鬆」，像是「賣學位」，大學畢業生，也不一定拿到心儀職場的入門券，如果比賽也是門券，何妨一面讀書，一面走「側門」。

讀書的最大成就，是思考人生，這些過程，現未必和上大學扯上關係。步入大學校園太容易，反而天天看書明辨是非，才是年青「玻璃心」的難關。

小時候，家裏常說：「讀書不成，學門手藝好傍身！」有些年輕人 IQ 不高、記憶力不濟，百般相逼也變得徒勞！香港已太多找不到理想工作的平庸大學生。我的汽車維修師傅，他自認不是讀書材料，但憑一門好技術，開了三家店。另一位世姪女，在辦公室當助理，苦口苦臉，像天天去葬禮，後來插花為生，喜氣洋洋。

《聲夢傳奇》的青少年，最初都是一群頗為「自我中心」的港男、港女，又似雞手鴨腳的娃娃兵，感謝真正用心關懷學員的導師：如李克勤、衛蘭、Gin Lee李幸倪和JW王灝兒。李克勤是成功的「族長」，指揮若定。衛蘭和學員一起把書放在腹部，如做瑜伽，教他們運氣；JW 拿着一首歌，和學員反覆每句歌詞來咀嚼；Gin 愛護學生，當他們勝出，她的心跳聲會掩蓋快樂的哭泣。這「三新天后」，才德兼備，要「加持」。

人類老掉大牙的辯論題目是「有競爭，才有進步」？個人層面，當然討厭競爭；花時間又花精力，叫人累透；輸了，除了心裏難受外，看盡對手醜惡的面孔。但從社會層面來說，競爭能驅動大家發奮。競爭，如果公平的話，又可以讓沒有裙帶關係的優秀人才，出人頭地。香港如有競爭，效率會提高，消費者有更多選擇。

我身旁的老馬，多選擇退出「江湖」，唉，捱夠了，換另一種方式棲息；但是，看到這群少年日跑千里、一馬平川，能不為他們高興？新人帶來新希望；那些堅持霸佔「高層肥缺」的老人家，應該退下來，或許轉為顧問，更能扶掖後輩。

《聲夢》的荳芽，最初都是蝦忙蟹亂的，部份態度不好：説導師不懂得欣賞自己、投訴評分欠公允、又往往聲淚俱下、埋怨沒有人關心，最可怕的，有互相責怪。香港年輕人，

多以主觀為宗旨，不理別人的感受、不接受自己的不足、又不承擔自己的責任。不過，令人感動的，是《聲夢》的參賽者，隨着節目發展，漸漸成熟，學懂了比賽的真正意義不在輸贏，而在於經歷、領悟、改善。在比賽後段，一位學員說：「鬥，是和自己鬥！」他們甘冒失敗，挑戰超高難度的歌曲，有些用特別創意，重新設計歌曲的層次。正如資深評判郭偉亮、舒文、張佳添、趙增熹等指出：好的歌手，要和歌曲融為一體、「own the song」、享受舞台、訴說故事，把觀眾拉進了你的音樂世界，「融為三體」。我最欣賞的，是姚焯菲，才 14 歲，可以把描述癡心初戀的《戀愛預告》，演繹得絲絲入扣，表情極動人，網上收看次數超過200萬。

最近，香港的廣東歌進步了，愈來愈多年輕歌手懂得樂理和樂器，更通過互聯網，跟不同老師學唱歌，他們的音樂世界，變得國際化，歌曲的設計，暗藏着萬千花巧，比我們的年代複雜，例如現在的廣東歌，可變成了 R&B 和 rap；在八十年代，大家哪敢這樣唱？這樣下去，香港樂壇必可重生。而我們的年輕人，只要拿出《聲夢傳奇》參賽者的態度來面對生活，放下成見、自卑或自大，沒有「躺平主義」，專心「引體上升」，你們將帶領香港突破！

我忽發奇想：香港的電視台可否依照《聲夢傳奇》的節目形式，以各行各業為有趣的題材，讓擁有不同潛質的青年來照辦煮碗，在節目中：比賽競爭、得到名師輔導、接受評判的指正、突破自己、嘗試新的方法、更學會和別人合作、承受失敗的挫折……年輕人在坐觀成敗的同時，心問口，口問心，改進自己。

ViuTV 有一個空前成功的選秀節目叫《全民造星》，把 TVB 的觀眾搶走，於是，TVB 今次老馬有火，弄出一個類似節目，推動年輕人「引體上升」，是遇強愈強的「鯰魚效應」（Catfish Effect），「有競爭，才有進步」的好例子！

但願這群新「聲」立志，如當年張國榮和梅艷芳，做真正傳奇！

香港人：失禮

品行，如處理變質的飯菜，要倒掉，免於「中毒」。但有年輕人說：「當大家沒有禮貌時，自己卻禮貌待人，好像很假很怪！」

童年，鄭君綿有一首歌叫《賭仔自嘆》，家人說是「粗口歌」，不能唱，今天看來，小兒科而已；另一首名曲，2017 年逝世 Glen Campbell 的《多點關愛》（*Try A Little Kindness*），小時候，電視天天播，教我們在公共地方，以愛心待人。

我們，有唸書、沒唸書的，快樂或不快樂的，如做不了優秀公民，退而求其次，起碼做一個品行合格的路人。

小時候，紋身加上「講粗口」，被視為黑道人物。現在，我坐地鐵和巴士時，看到有些青年人，其中更有穿着校服的，旁若無人，說話粗言髒語，女孩子也不遑多讓，滿嘴「性器官」；或許，他們覺得「型」，或是虛聲恫嚇，不介意粗鄙形象。我「睥」着他們，但他們也回睥，彷彿說：「『睥乜』！阿叔，『收皮』啦！」

許多人在公共地方，自私無品，行為滋擾，內心是自大？自卑？或是不滿現況？有病？惡魔附體？把可怕的情緒，發洩在別人身上，情況和「虐兒」的心理狀態，毫無差別。

數十年來，香港人在公共地方的行為，有兩點明顯改善，值得鼓掌：乖乖排隊的人愈來愈多。第二，以往，男男女女，隨地吐痰，吐痰後，還伸出鞋底擦平唾液；不過，新的問題產生，那便是讓狗隻在路上便溺；我想起巴黎。

希望社會在安定以後，人的守規矩意識恢復，會自我檢討，改善品行。而做朋友的，要勇於互相提醒：時代在進步，人的品行不該退步。在公共地方，唯一情有可原的，是忍到像雞泡魚的放屁。

想起「失禮」行為，有個故事：六十年代，大部份人住在環境惡劣的山邊木屋或政府的徙置區，而私人住宅的「劏房」問題，和今天一樣嚴重，住客共用一個廁所和廚房，遇上「制水」期間，家庭主婦提着大水桶，往街上的公共水喉排隊取水，「水桶長龍」早已看不到盡頭，但人就無影無蹤，故有排位爭執，婦女濕身揪胸，無關連的男人們，在旁竊笑觀看 boxing。

聽老人家說：「五十年代的小混混叫『飛仔』，『騎樓』般高的髮型，不扣胸前的恤衫鈕、窄管褲、倚在路邊欄杆、吹口哨『撩女仔』。」七十年代，年輕人愛打扮成「金毛獅王」，各區都有：頭髮染金、誇張電鬆，然後長長的垂到肩膊。他們愛穿緊身的大關刀領花恤衫，還襯上一條上窄下闊的喇叭褲（或叫「拖地褲」），加上四吋鬆糕鞋；這些流氓手指夾住煙，站在街頭嬉鬧，你盯一眼，他們便說：「打爆你個頭！」聽說作家倪匡曾這樣被罵：「X 你老母！」他鎮定回應：「青年人，我媽媽的年紀比你媽媽大幾倍，如果彼此彼此，吃虧的是你！」我的律師朋友更好笑，他這樣回應：「我娘親走了，你去下面找她！」最痛心的，是網上視頻，竟然有父親教五、六歲小女孩講這句粗話！

目前，惡人的打扮，和普通人無異，國家規劃香港成為「中西文化交流中心」，可惜沒水準的人，香港仍多的是。香港人為免「失禮」，快來戒掉在公共地方（特別在地鐵和巴士）的七大不文明行為：

（第一位）污言穢語、粗口爛舌。有些自辯：「我不想傷害你，但你耳朵敏感，『關我差事』？」如果這些邏輯也成立，性騷擾罪便不用存在？這些惡人，自欺欺人，也欺人太甚。

（第二位）用手機聽歌、看電視劇、視像對話，不「滅聲」，嘈嘈吵吵，強迫別人一齊聽。有一次，我在地鐵車廂，好言相勸一個中年人減低手機聲浪，他突然關掉手機，演戲地狗血反噴：

「誰聽到我的手機聲浪？」旁邊的人，個個自顧低頭，明哲保身。社會的惡霸行為，往往是大家縱容出來的。

（第三位）在有限空間的升降機內，常見的不良行為：別人為你按着開門鍵，也不說一句「唔該」。別人走進或離開，也不讓出空間。給看到有型男美女趕入升降機，立刻按「開門」鍵；看到我這又老又醜的，急急關門。老人家或別人雙手提滿東西，也不會幫忙問一句：「你往哪層樓？」

（第四位）另一傷心慘目的，是坐地鐵時，遇上老人家或有需要人士，不會立刻起身讓座；我聽到有年輕人反罵老人家：「讓座？地鐵給我 discount 嗎？」

（第五位）我們有些行為雖然不自覺，但也會影響別人，那便是阻塞通道；香港地方「寸金尺土」，不管餐廳、超市、走道，只容許一個人站立，多一個便「藏」不了，但你叫阻路人「借過」，許多竟黑口黑臉。如這些人有背包，更常被它撞到；在「自由行」的旅遊高峰期，連行人路也擠得活路難求，要左閃右避殺出重圍；香港人脾氣暴躁，和這樣的環境有關。所以，那些在狹窄路面拍拖的情侶，別「手拖手」打橫行，或一家數口，攤開「一字馬」等，其他人卻走出馬路，要自己方便，別人也要方便。

（第六位）另外一種可怕的現象，便是在過馬路時，頗多人在那短暫綠公仔燈號亮起時，仍邊走邊看手機，右向左行、左向右行，或左右擺行，碰撞事情經常發生，而一句「對不起」也沒有。

（第七位）香港人怕「蝕底」，說句「多謝」或「thank you」，總覺得是吃虧行為；他們認為大家平等，為甚麼要對陌生人說一句「不好意思」？在這「認低威」的心態下，講一句「sorry」，就如失掉面子。這方面，北歐社會比較文明，人們常主動地感謝或致歉，不管是真心還是假意，這些「sweet words」，令人和睦。

香港人坐下來聊天，往往羨慕別的地方文明行為，但是，我們自稱「國際大都會」，又將成為「中西文化交流中心」，為何不坐言起行，從自己每天的公共行為做起，讓世界對香港人無禮貌的形象改觀？以往，傳媒常鼓勵大家尊重別人，記得七十年代，電視在晚上會說：「現在已經係夜深喇，請將電視機音量收細！」今天，這段溫柔廣播不單消失了，電視台更縱容髒話連篇的節目。

最近，我聽到朋友的一個傷心故事，他有事向兒子求助，兒子說：「父母『養大仔女』是應該，我也有仔女要照顧，如果你要我照顧，會變成我的額外負擔！」自私，是香港家庭和學校的教育出了問題。

孔子說：「不學禮，無以立。」孟子說：「惻隱之心，人皆有之。」也許我未夠道行，去不了莊子「無物不然，無物不可」的包容境界。我在公共地方看到劣行，常走上前，溫和地勸告他人，可惜，反被人用粗話「招呼」。但是，我仍真心地希望每一個香港人拿出一點基本修養，尊重自己、尊重別人，懂得「換位思考」，對人禮貌一點，己所不欲，勿施於人！

人和其他動物，是有分別的。你懂的，勿讓別人對你唱「Shame Shame Shame」……

《拉闊》：四種幸運

銀河約有 4,000 億顆恆星，為何偏偏選你？

香港人叫「幸運」做「彩」；好運，叫「好彩」，「大難不死」，叫「執番身彩」。

我同意老師吳雨所說：人的成敗，命運弄人，單憑實力，絕不足夠。「良機」由「天賜」，「時來」便「運轉」，最好前生、今生、來生，「三生有幸」。我好彩，除了律師，有兩份秘撈：「爬格子」和「打嘴炮」。

最近，「回娘家」商業電台，享受了一場「黃牛」票價炒至 8,000 元的演唱會，地點在機場，粉絲不辭勞苦、無孔不入。感謝舊上司 Rita 和 Daisy，讓穿西裝、格格不入的我，夾在萬千瘋狂的小妹妹之中，聽到大叫「林家謙」、「姜濤」、「Jer（柳應廷）」、「Tyson Yoshi（程浚彥）」；演唱會由商業電台舉辦，叫《拉闊音樂會風火雷電》。「風火雷電」，代表這四位紅透的青春歌手；我反而奇怪地聯想到「柴米油鹽」。Tyson 展露如木塊般的腹肌，是性感的「柴」；Jer 的情歌，如熟飯般香軟，我想起「米」；姜濤細潤溫柔，像奶「油」；而林家謙，歌曲充滿態度，猶如《聖經》的「鹽」和「光」。我在想，就算「天王」級前輩歌星同台出現，也要輕嘆：「一代新人勝舊人！」前浪，已躺在沙灘上。

我在商業電台節目《馬路的事》當法律主持，是 1999 至 2015 年的「古早」事情，那些商台回憶，涵蓋早上、中午和夜晚，

錄音室的味道，仍掛在鼻子。《馬路的事》是一個透過大氣電波，24 小時為道路使用者服務的節目，並得到運輸署的協助。

《拉闊音樂會》是香港流行樂壇的年度盛事，商台由九十年代開始舉辦，「拉闊」是英文「live」的粵語諧音。它是香港歌手的溫度計，如他們能夠參與「拉闊」，則代表已經很紅或將會火紅，誰跨過「拉闊」這火盆，將愈燒愈旺。

我坐在台下，留意台上的「風」、「火」、「雷」、「電」，頗為感觸；人類最巨大的殺傷力，便是青春，他們既唱又跳，汗珠如雨水般從兩頰流滴，沒有絲毫疲態。四個熱血男兒如春天的嫩葉，一顰一笑，朝氣蓬勃；但是，比他們好看、唱得好、跳得好的新人，在樂壇填滿坑谷，是甚麼幸運，使他們可在「拉闊」接受加冕？名導演鄧樹榮説得好：「任何人踏上舞台，便要接受，演藝是一個『by chance』的行業。不紅的，或有一天紅起來；紅的，或有一天倒下去。努力和成就，沒有因果關係。」

人生的走運，經我多年領悟，可分四種。

第一種幸運，叫「狗屎運」，廣東人叫「屁股撞着棍」。在古代，沒有化肥，狗糞發酵，可變肥田料，農夫在路上撿到狗屎，便立刻用來施肥，西方人叫這些純粹運氣做「lady luck」或「random luck」。2011 年，印裔人 Singh 花了 40 元買六合彩，獲得四千四百多萬元彩金。這種幸運，不必部署，也不用努力，要來便來。

中學時代，我看到廣告，TVB 無綫電視開辦「第一屆編劇訓練班」，只有 17 歲的我，笨笨的去報名考試，竟然給挑中，感謝胡沙和李沛權老師，我每個晚上孤單走路去廣播道上課。訓練後，我一面唸大學，一面當兼職編劇，這便是「狗屎運」。TVB 擁有數千員工，對我這畏羞的 small potato 來說，它既是《紅樓夢》裏熙來攘往的大觀園，更是一條龐然八爪魚；我和 TVB 的交運，影響了一生，令我除了當律師，另半輩子以創作人身份，可在「五台山」游走。

六十年代，老虎岩（現在叫樂富）山邊只有木屋，香港政府建設一個廣播工業區，叫「廣播道」，當時的香港電台、商業電台、無綫電視、麗的電視（即今天的亞洲電視）和佳藝電視（在 1978 年倒閉）都坐落在這一公里長的山路，被稱為「五台山」。今天，五台山只留下商業電台和香港電台，形影相弔。

第二種運氣，叫「順風車運」。專家 Marc Andreessen 叫「motion luck」，意思是只要你上了車，彷彿有一股力量在背後推動，「時來運到」便是這個意思；但是，你總要動身，上對了車。例如，現在投身「IT 科技」行業，形勢比搞服裝店前途強很多。有句話叫「勢大於人」，就是這意思；想想，如果此刻去電台當一個 DJ，倒不如做個「Instagram 網紅」，「值博率」更高！

八十年代，我放棄興趣，不當電視台編劇，選擇了律師，便是上對了「順風車」，當時，香港只有一千多個律師，經濟卻迅速起飛，於是法律行業非常昌盛。我曾考慮過是否進香港電台（RTHK）當公務員，這份工作，既可創作，又前途穩定；但顧慮是：RTHK 是政府部門，員工是公務員，但卻不願當政府喉舌。結果，我只是變了他們的 freelancer，偶爾編編劇、當節目主持，發掘我的，叫唐東萊。2010 年，我獲政府委任為他們第一屆的「顧問委員會」；而以往的擔憂，近年變成事實，這叫「物極必反」。

站在港台門口的空地，仰望天空的晚星，懷念他們 canteen 中午出爐的菠蘿包、高級人員酒吧，那老舊的孤寂……

第三種運氣，叫做「貴人運」，英文叫「lucky star」。貴人會無條件地欣賞、提拔你；貴人或對別人嚴格，但是對你寬鬆。如貴人是美女，則多了「桃花運」。香港紅到發紫的 12 人男團「Mirror」，就是因為遇到伯樂「花姐」黃慧君，經她悉心栽培，從無名小卒，改變命運，成為閃亮新星。

我在廣播圈的「貴人」叫查小欣，傳媒大姐大。我和她合作，寫了三本「法律小説」。小欣在九十年代，介紹我去新城電台，在總經理陳欣健和顧問白韻琴的指導下，協助小欣，當上清晨皇牌節目《早晨 In 得吻》的主持。

主持早晨節目，五時前便要起床，然後「打的」趕到位於紅磡一個商場內的電台，忙看五、六份報紙，準備講稿，7 時開咪；做罷節目，已 10 時多，吃過麥當勞早餐，又趕回中環當律師，精疲力盡。過了一陣子，大病，上天給了我一個休養生息；隨後，小欣過了商台，她引領我和總經理俞琤見面，此後，我也變成「商台人」。

貴人，可遇不可求，一定是人和人之間的某種電波搭上；所以，當別人談起查小欣，我立刻護駕：「小欣的閒話，由我負責好了！」

最後一種叫「preparation plus opportunity luck」（努力運），也就是人們常指的「機會，留給有準備的人」。俞琤説過：「不要埋怨沒有機會當主持，最重要是當別人找你時，你有沒有足夠的多年修行，能當大任！」

我失敗過的。1985 年吧，大樓外形像灰盒子的麗的電視，它的總編雷覺芬找我為《電視週刊》寫文章，二十來歲小伙子的我，青嫩無知，沒有好題材寫文章；去了印尼，便連寫上、中、下三篇，結果被殺「出局」。當缺乏能力，就算機會來到，也吃不住，但如機會和實力疊上了，就一飛衝天。你看，林家謙、姜濤、Jer、Tyson 從小便喜歡唱歌，努力增值，到機會敲門了，立刻亮劍，成為了「小巨星」。

2003 年，Cable TV 娛樂新聞台找我當法律顧問，每月還有費用，那時，我已經有了二十多年律師和傳媒經驗，實力充足，碰上這好運氣，如魚得水。好的律師，不能紙上談兵，一定要懂行業的實際運作，我還協助成立了香港電視專業人協會。還記得，當年碰面的，都是朝氣勃勃，如陸浩明、黃翠如等新人。最怕去荃灣 Cable TV 開會，四周是沉悶的工廠大廈，肚子餓了，也找不到好餐廳。

有些律師朋友，一世人只集中做一件事，當個好律師，拿走滿滿的 100 分。但我很幸運，半生，做了四件事：法律、傳媒、寫作、社會義工，或許每件事情只拿 50 分，但是，我的總分卻有 200 分。

春夏秋冬，我的半輩子，都在泥漿摔角；現足立在三尺的獎台，仍有悔，但謝老天眷顧，贈予我奇妙的廣播人生；一切，曾經「彩」色繽紛。

《殺出個黃昏》：謝賢、馮寶寶

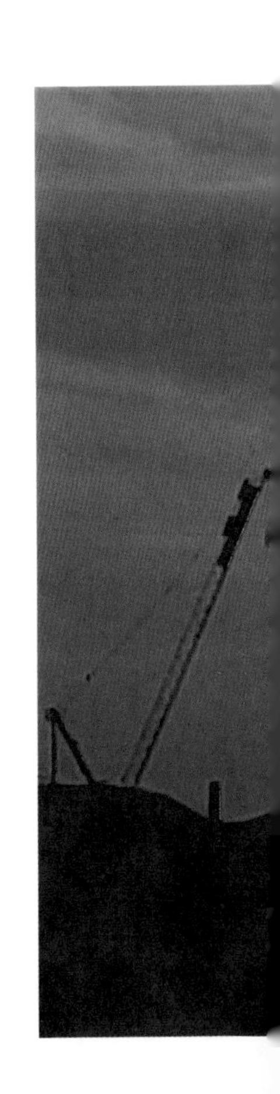

薑是老的辣、酒是陳的香、情是舊的濃。

想起謝賢，想起近月很成功的外國老人電影，叫《爸爸可否不要老》（*The Father*）。

香港不遑多讓：功底深厚的謝賢（有人不知道他是紅星謝霆鋒的父親）、馮寶寶、林家棟、林雪，加上配樂名家韋啟良，組成電影班底：林家棟是編劇和監製。謝賢、馮寶寶、林雪演三個過氣的職業殺手，夕陽無限好，時不我與。謝賢從風流倜儻變「人老意自殘」的獨居老人；唏噓的是他的小刀被棄入街上的垃圾桶，謝俯身翻動垃圾，找回數十年的「老伴」。馮寶寶從迷人女殺手淪為賣唱為生的嫲嫲，負擔兒子李璨琛一家三口的生活，她在外面叫人開心活下去，回到家裏，卻是一棵悲情的「搖錢樹」。林雪從技術高超的犯罪「車手」，變為哀求「鳳姐」嫁給他的肥叔叔，最後還要賣車，籌措送別她出嫁的賀禮。

2020 年，有一部港產片叫《麥路人》，郭富城和楊千嬅主演，講一群在快餐店求宿的可憐人；麥路人的角色，搔不到癢處，今次的《殺出個黃昏》（*Time*），表面輕描淡寫，內裏的矛盾和張力，刀

刀殺人，暗喻、修辭和留白的技巧，加上場面的調動，在電影中豐富多彩，成就非凡，故事裏人和人的關係，叫我感觸處處，也許，我的生活沾滿塵了。

問家棟為何拍這部冷門電影，找「老細」投資不易。他快人快語：「振興香港電影，在題材上，大家要有創新勇氣。電影是創意工業，如是熟口熟面的橋段，觀眾可能膩到不想看。」我同意：「唉，看警匪片，我連他們手裏拿甚麼槍，也認得出了！那些呆呆滯滯『仿台日韓』的愛情小品，浪費我在戲院被關的九十分鐘時間，就算對白加了髒話，大家反更卻步，回家看 Netflix 好了！」

家棟繼續：「香港有的是人才，可以走出另一條『港片路』的勇氣。人才中，最厲害是我們從六十年代至今，走過輝煌日子的『粒粒』巨星，我想向他們致敬，同時，也希望大家關心日趨嚴重的老人問題，他們不再年輕，不可能尋夢，但是，可否不要讓他們抱着傷痛離開這世界？」我接着：「你作為監製，從《打擂台》、《死開啲啦》，到了《殺出個黃昏》，都起用新人，給他們台前幕後的機會，例如今次，新導演是高子彬、編劇是何靜怡，青春無敵的演員有鍾雪瑩、顏子菲、顧定軒等。」

我不認識瀟灑「四哥」謝賢，但有一大群 auntie 喜歡這巨星，見到老了的他，仍像小影迷般興奮，我問：「沒配老花鏡？」她們說：「那是《Time in A Bottle》（Jim Croce 名曲），你不明白的情意結！」

和「BoBo 姐」馮寶寶開過兩次會，都十多年了。未見她前，已有心理準備，因為她是一個「狠」認真的電影人。朋友告訴我：「那次她只是客串，竟然在拍攝前一天，偷偷跑去現場觀察，先熟悉環境，研究在拍攝時，如何配合？」兩次和「BoBo 姐」見面，她都絕妙地打扮，一次是黃、一次是綠色為主色，耳環、衣服、手袋、鞋嚴謹地統一色調。家棟説：「和 BoBo 姐工作，你要有求學的態度，她有要求，便要比她更認真，她會為你高興；其實得益的，是自己。」我點頭：「娛樂圈，從來愛『即食麵』，當別人提出思想探索，便罵人『麻鬼煩煩』，這些不尊重電影的人，才該被淘汰！」

和林雪在廣州有過「一飯之緣」，他很胖，樣子「好得戚」，為他帶來無敵的人緣。大家都妒忌林雪，在銀幕上，不用「齜牙聳舩」，觀眾已笑得哈哈哈。

家棟，八十年代的朋友，看着他的成長：離開 TVB 電視台，放棄當家小生的位置，不是為了錢，為追尋電影夢。在電影捱「二線」多年，終於給他拿了個影帝大獎，到了「男一」境界，卻把花碌碌的鈔票推出門口，還自己掏腰包，冒險拍「香港為本」的電影。家棟説話風趣：「夠吃便『巧』（即『好』）滿足，我除了拍戲，不用花太多錢。」有行家説他「挑」劇本，他苦笑：「如果只是客串，我 OK 的，但是，如果做主角，自己想向觀眾交代！」在時日的洗禮下，他孜孜不倦，以收復香港電影失地為己任，家棟他朝可以成為電影界的「男版白雪仙」。

另一個傳奇人物是電影配樂老師韋啟良（Tomy），他也是數十年朋友。年輕時，熱愛音樂，去了通利琴行打工，只為接觸音樂，終於，修成配樂正果，獲獎無數。有一天，他找我聯絡政府，終於在 CreateHK 的支持下，成立了香港電影作曲家協會，Tomy 是真正有心人。Tomy 笑：「家棟連音樂也『撈埋』，《殺出個黃昏》

的主題曲叫《青春之歌》，我作曲，他填詞。歌手方面，他刻意找了當年的『酒廊大家姐』黑妹李麗霞主唱，讓大家感受七十年代情懷。」我鼓勵：「你們的心血，大家一定看出來。」電影有兩首主調，一首是多年前由陳永良作曲，叫《倦》，代表老人家內心灰暗的一面：「夜可知我累，無力忍眼淚，厭在無聲夜裏，無聲獨去。」馮寶寶在錄音室的時候，由第一句哭到尾；謝賢也首次開金腔，一起唱呢。而另一首便是《青春之歌》，激發老人家光明的一面：「我，有無盡希望，要擁抱青春，像玫瑰般盛放。」對，人老，心不能老！性命以外，還有生命，打不死，向來是香港人。

電影中，Tomy 把兩首主題曲編出不同版本，有快有慢，還用不同樂器，很是精彩！其他各個崗位，為了「人生匆匆，就係等呢一分鐘」的精神，雖然電影沒有 budget，但是它的動漫、造型、化妝、服裝指導等人員，把電影弄得貼地親切（你有沒有看過穿睡衣褲、腳踏拖鞋的謝賢？還有染「低俗金色」頭髮，然後扭屁股的馮寶寶？），撼動觀眾情緒。2021 年，是香港人的低潮年，這部片卻給我們集體溫暖，同聲一哭後，大叫：「香港快樂！」我偏心，支持香港精神，給它 9.2 分。

《殺出個黃昏》，縱橫深高，都值得高分。「縱」，是電影界的老、中、青，同心合力，做出一部非同凡響的動人電影。「橫」，是不同位置的隊友，「飲奶力」也唧出來，在聲、色、藝上，都讓觀眾飽足。「深」，是電影探討香港老年人的問題；到底他們的空虛和失落，是他們還是社會的錯？「高」，是這部片的目標，在有限的資源下，娛樂、藝術和生命信息都嘗試攀高。

電影一點都不沉悶，「笑位」處處，有幾幕，全場鼓掌，例如林雪質問一個強迫女朋友墮胎的少年：「你如何對待她？」他說：「會請她看 BTS（韓國紅極的少年樂團）！」林大怒，而他的反應，叫大家狂笑。另外一個笑料來源，是這些「實力派」演員把本來正常的戲劇對白，改為搞笑的生活用語，例如「開車那麼快，幹嗎？」BoBo 姐會改為「揸車揸得咁快，『托』咩？」又例如男女拍拖後便分手，對白是「上完便甩掉！」四哥會改為「𨋢完就好鬆啦！」這些都是老戲骨的功力。

將來香港電影業的發展很明顯，會分兩批人：要市場的，便去內地發展；要香港精神的，在困難的本地環境下，仍拍「港產片」。我高興見到一大群年輕人，依舊投入地工作，不過，要謙虛學習，顧及他人，例如在首映台上，該自覺地讓開，給 80 歲的四哥站在中間，這些事情要發自內心，不用娛記提醒的。

聽說家棟這部電影，前前後後，花了七年時間，唉，做文化創意，沒有「急功近利」這回事，那些靠「FPS」（潮語「轉數快」）找「醒目錢」的人，自以為是兔，卻變成無知的龜。慢工出細貨，《殺出個黃昏》之驕人成功，正好一針見血！

元朗有情：應念舊

成年後的生活，是木質化的回憶；小孩子的時光，以鮮嫩做基礎，為快樂的永生花。

難忘，兒時的元朗，它有別於香港島和九龍，是另一個地球，新界墟市的真正代表。

那慢活年代，沙田、大埔、屯門、上水，規模太小，沒有元朗的氣派；它有長長寬寬的一條市中心大道，叫大馬路，佈滿商店，像小彌敦道。雖然荃灣的核心區，比元朗大，但都是一座座的工廠、一枝枝的煙囪。在元朗，馬路後面的西洋菜田，黑臉琵鷺，向行人打招呼；在荃灣，只有烏鴉在天空盤旋。

元朗古時稱「圓塱」，圓，是豐滿的意思；塱則指開朗的土地。從字面上推測，古時，元朗是一塊水源充足的大平原。它在明代已是一個墟，但這市曾遭棄置。1669 年，康熙年代，姓鄧的官紳發起在南邊圍附近再建墟市，成為香港最大的農產品集散地。此外，元朗一帶有魚塘、菜田和稻田，它出產的絲苗白米，曾經遠銷至歐洲。今天，它雖然換上繁榮城市的面貌，但舊墟還保存了清代建築，如二帝廟，你看過？當年元朗墟市，俗稱「雞地」，有「圍頭」口音的鄉下人，每逢墟期，早上拿農作物來賣，中午把錢換買飼料和肥田料後，便散去。雞地，在今天 YOHO Town 的旁邊，已經消失。那時，去雞地叫「趁墟」，熱鬧的情況，叫「墟冚」，「冚」指鼎沸的人聲。家人不喜歡雞地，媽說：「人多，

『拐子佬』多！」當年，有些人沒有繼後香燈的，便向「拐子佬」收買偷回來的男孩。我們這些肥肥白白，四、五歲的，最受歡迎。

媽媽在元朗墟長大，嫁了住在上水的爸爸，舉家後來搬去市區。小孩年代，媽媽常回娘家。姊姊十歲時，在元朗意外地走了；所以，踏足元朗，我們不敢再去大馬路的盡頭，因為那裏有博愛醫院的傷心回憶。

元朗，是香港唯一看不到山的市圈。那些年，元朗很寧靜，水牛會出沒，大馬路後面只有幾條街，拐個圈，便逛完。婆婆經過大馬路時，從街頭打招呼到街尾，大家「往來有白丁」。婦孺們，不用買報紙，消息都是聽回來：「芳艷芬去了恆香餅店買老婆餅、高官去『好到底麵家』吃蝦子麵、這診所的醫生是林子祥的爸爸、那間金舖是譚炳文家族的……」

婆婆慈祥又能幹，嘴角常帶微笑，外公早走，婆婆獨自打理合益市場的米舖。她有菩薩心腸，家裏有十二兄弟姐妹，自己少吃少穿，也借錢給親友。她蓄着長髮，卻永遠把它捲起成髻，衣服天天穿黑膠綢的；婆婆閒時便抽捲煙，從鐵罐內掏出一點煙絲，放在薄紙捲上，徐徐地擦火吸吐，她靜觀世態，似有千言萬語，卻不必向人傾訴。

元朗，是一個會睡覺、會醒來的墟市。早上，聽到雞啼「咕咕咕咕」；白天，卻聞鳥唱；晚上，先是狗吠，針對路過的陌生人，接着，淒厲的貓叫，是零時的奏鳴曲，喵喵喵，想是發情吧，弄得少女們輾轉反側。

婆婆住的是唐樓，奇怪，住在樓上的人，要經過你家的走廊，才能拾梯回家；而閣樓呢，有一扇窗，看通地下的店舖。樓下賣

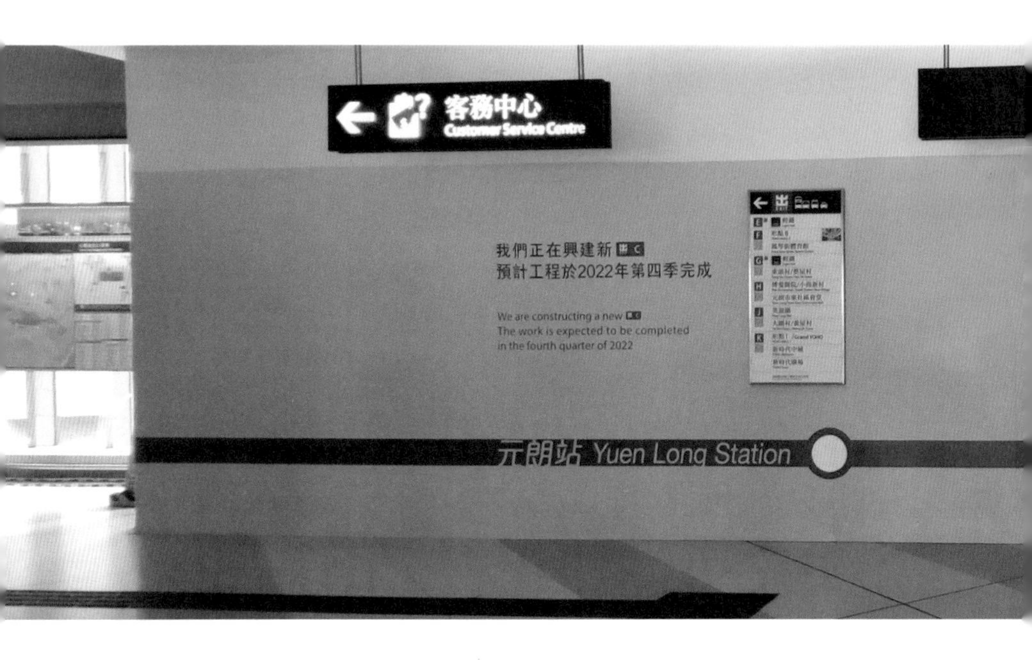

水果的兩個肥姐妹，每天高聲談論別人故事，是長篇小説的好材料。當年，元朗女孩子樸素害羞，多不敢「自由戀愛」，要長輩介紹「相睇」，最理想，是嫁給家裏開金鋪的「太子爺」，可惜，最旺的周生生金行，卻不是元朗人開的。

這小城，幾件舊事，叫人難忘。元朗有許多舊房子，三層高，沒有廁所，晚上，人們拿着「夜香」桶，走向田畿傾倒，碰到街坊，還噓寒問暖。當時民風純樸，女人在大庭廣眾，公開餵奶，極為普遍，乳房沒有原罪；而很多小孩子只穿白背心，沒有褲子，露出小雞巴。炎夏晚上，一家大小，擺放着帆布或藤椅，在行人路閒坐，一面喝茶、一面撥葵扇。在元朗，人情味濃，人像人，狗也像人。女孩們會織「冷衫」或繡花，被稱「小家碧玉」。在六十年代，電視機在元朗，是名貴電器，每晚大概九時，小朋友

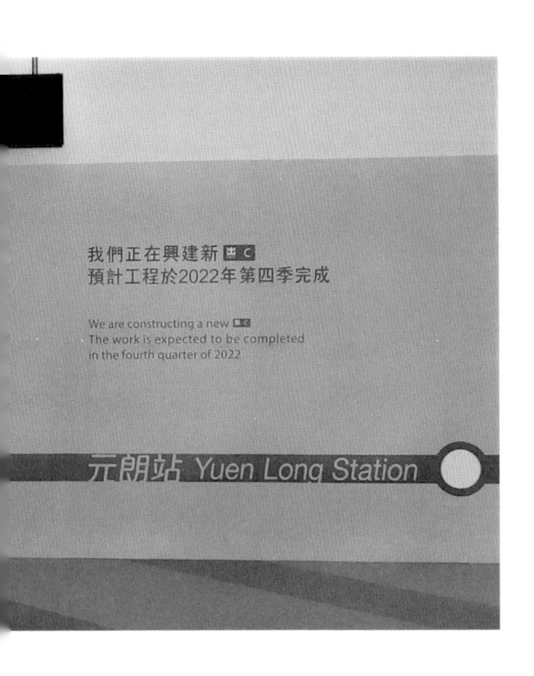

做完功課，靜待鄰居電視播出綜合節目，叫《歡樂今宵》，當主題曲一響，十多個小朋友便跑去鄰居的客廳，坐在地板，一起看電視。屋主陳師奶對我們很好，常用餅乾招待。

那時，元朗的單車比汽車多，到處都是「單車陣」，很多男人赤膊送米糧和雜貨。往市區的「巴士」很少，開往佐敦道碼頭的，總是塞滿乘客，要身貼身站在梯級，計算塞車的時間，兩、三小時是跑不掉，加上沿海的青山公路，迴轉彎曲，父母會為孩子帶備嘔吐袋。元朗巴士總站，有人會送別親友返市區，依依不捨地哭：「一路順風！」現在回望，那份感情像天方夜譚。

當時，流行的「移民」概念，即從新界搬去九龍或香港島居住，我家便是這樣，從上水搬到灣仔，「離鄉別井」。相反，「外面人」（元朗人這樣叫市區的人）因為工作，怕每天來回花五個多小時的，索性在元朗找地方住。有一天，婆婆家裏來了一個陌生年輕、很有禮貌的男子，原來是位老師，從市區調來元朗教學，因為外面吃飯不健康，他經朋友介紹，找了婆婆「搭食」，每月付一個數目，給他弄晚餐。我有一個十多歲的表姨，去了市區替外國人打「住家工」，每月返回元朗一次，每次，弄一大袋曲奇餅給小朋友吃，她說：「老闆教我的，有牛油和雞蛋，對身體有益！」那是我人生中，第一次吃到「cookies」。

談到吃的，不能不提三款元朗零食：第一種，叫「茶粿」，是糯米粉團，加入艾草、苧麻或雞屎藤等植物搗碎後，散發清香，可甜可鹹。第二種叫「炒米通」，以柴火把米放在鐵鑊炒，直至脹大香脆，放入芝麻和花生再炒，冷卻後切成一塊塊。最後的，叫「炒米餅」，將大米炒香後，碾成粉，加入其他如芝麻的配料，再用木製模具壓成後敲出，放入烤爐，成為鬆脆的餅。

如果元朗人到「外面」探親友，以上食品是元朗馳名「老婆餅」以外，另一最佳的選擇。當年的送禮，很好玩：只用一張「雞皮紙」把禮品包紮，在頂部放一張紅紙，寓意吉祥，然後用紅色的紙繩或尼龍繩捆紮。

往昔的元朗，沒有 shopping 或夜生活，晚上，最大的享受是看電影、或去大榮華酒樓吃美味的「豬油撈飯」、往有「冷氣」的龍子餐廳吃西餐；喝喜酒也不錯，可以吃到彩色蝦片和炸子雞。至於戲院，有三家，今天都只剩回憶：一家叫光華戲院，門口是一條闊大的石階，很貴氣，我在那裏看過黑白的武俠片《六指琴魔》；另一家叫同樂戲院，在大馬路，記憶中，比較古舊，曾經看過一部電影叫《紅燈綠燈》，女主角是中德混血超級美女，叫苗嘉麗，今天應是婆婆；元朗戲院呢，多做邵氏的國語片，凌波的《梁山伯與祝英台》便公映了多週。

在元朗，「時裝」這名詞不存在，大家隨隨便便在五合街買衣服。在大馬路的黃金地段，都是「辦館」，即賣酒、食用禮品的商店。元朗有一家四十年代已創立的服裝店，叫「陳光記」，連外國毛衣都找到。街上，男人多穿「咕哩衫」，即闊袍大袖的布衣，夏天，可以捲到手腳的一半，冬天便放下來，他們不害羞的，上衫多沒有扣上，露出瘦弱的「排骨」胸。而元朗村姑，頭戴一頂草織的大圓帽，垂下黑色的邊布，用來阻擋陽光，衣服多是綢，手袖和腳管只到肘部及膝頭，穿上一對木屐，走路如敲打地面，發出嗒嗒聲；老的，還鑲上金牙，愈多，代表愈富貴。

不要老説回憶是褪色發黃的老照片，記掛，是對美麗生活的保存，珍惜曾綻放的花朵。往事，總是真真假假，載着童年的快樂和悲傷，但是，故事內每一個人物對我們的愛護，才是足以帶進墳墓的幸福。元朗，人情味濃，如米糊加入豆漿。今天再訪元朗，景物不依然，人臉更全非。孤單地，踏進現代化的元朗港鐵站；水牛，沒有了。火車隆隆，惆悵春光，只怕舊人沾近愁。

舊地方如元朗，生命有兩部份：消失的東西，竟會重生，變成新的地方——然後又忙於製造舊回憶給新的一代。

往昔：漫畫

江湖兒女。

最近，在尖沙咀加拿芬道出現一家名為「友情歲月古惑仔漫畫主題冰室」：巨型漫畫、人物浮雕、倪匡題字、珍貴原稿，還有以主角命名的食物，如「陳浩南乳雞翼」，加上侍應 cosplay「社團大佬」為你下單，大收旺場。

《古惑仔》由香港名漫畫家牛佬（文啟明）在 1992 年創刊，到了 2020 年完結，歷經二十八年共 2,335 期，是全球最長篇的漫畫。它的告終，象徵一個香港市民，拿着從路邊報攤買來「漫畫紙本」的生活習慣，從此消失。

古惑仔餐廳的開幕，引來熱烈討論，有人說它不應再渲染香港「黑社會文化」；有人覺得它是可貴的集體回憶，這就是香港自由之處。

「古」的正字是「蠱」，是毒蟲巫術；「惑」是迷惑。「蠱惑」便是不正派，誤導別人，例如「蠱惑人心」。加入黑社會，港人叫「行古惑」，而漫畫《古惑仔》故事講述黑道中人陳浩南的起起跌跌，後來拍成《古惑仔》電影系列，紅了扮演陳浩南的鄭伊健，亦成為香港經典的幫派電影。

香港人常稱的「古惑仔」或「古惑妹」，不一定指黑社會成員，反多指一些不老實的機會主義者。這些人在社會各層面，多的是，有一番話形容他們，非常精彩：「我能向你借幾張臉皮嗎？你的

新著
龍虎門
主編
鄺彬強
人物美術
黎雪昌 劉偉峰
製作統籌
梁光明
為戰而存在的武學
$25
王小龍傳
雷電神腿之
春雷乍響
Art Comics Studio LTD
西遊
第三部
妖怪道
$25.00
Art Comics Studio LTD
新著
中華英雄
主編：袁家寶
監製：鄺志德
四季劍法之
秋風捲葉
第5期
$25.00
死林奇逢
天妖玄奇
37
$25.00
天人合一

臉皮裏三層、外三層的，少幾張，應該沒關係吧！」

古惑仔見大吃大，手段取代做人應有的原則，不怕「報應」。我們身旁，常有七大類古惑仔，大家要提防；當然，更不要跟隨變壞：

❶「有奶便是娘」

這些人見利忘義，那裏有好處，便立刻跑去依附，不管對方是壞人，或所做的是壞事。有古惑仔說過：「我是蝗蟲，吃光便走！」

❷「西瓜偎大邊」

台灣俗語，又叫「西瓜效應」，古惑仔趨炎附勢，基於自身利益，投靠或偏幫勢力較大的一邊，宗旨是「扶強不扶弱」。

在權力鬥爭的遊戲，這些愛「走位」之人，見得太多。

❸「白票守尾門」

有句話說：「會哭的孩子才有糖吃」，看看今天的政治環境，恐怕如此。

除了「哭」的孩子，「彈弓手」（即機會主義者）也有糖吃；故此，古惑仔凡事先不表態，猶黑如白，「扮抱琵琶半遮面」，看對方開出甚麼好處，才決定支持或反對，他們叫「白票」守尾門。

坐以待斃，有大家一起「埋單」，但是舉錯手、表錯態，則錯過了別人送上「肥雞餐」的良機。

❹「見人講人話，見鬼講鬼話」

這些古惑仔，見甚麼人，說甚麼話，「看人下菜碟」，誰也討好，不說真心話；大話連篇，騙取別人信任。「吃在碗裏，看在鍋裏」，一面吃飯，一面已經盯着別人的菜，看如何偷吃。

古惑仔當中，這類人佔的比例最高：你是嗎？

❺「有毒不沾鍋」

這些人，塗了 PTFE，或身軀是陶瓷製造，看到不公的事情，不會見義勇為、挺身而出，還解脱地説：「哈哈哈，人家事情，管不了！」更惡毒的，會説：「讓他『南無佬跌落屎坑』，衰吓都好！」

香港愈來愈是一個自私的社會，因為大家用了《三國演義》中曹操的一套，他殺了呂伯奢後，面對陳宮的質問，曹説：「寧教我負天下人，休教天下人負我！」

❻「有食唔食，罪大惡極」

廣東話的同義句是「有便宜唔好使頸」：凡有好處，便不要計較道德良心。

以往俗語有云：「盜亦有道」，現在，誰管道義？最常見的是「隱瞞利益衝突」（conflict of interest），明明在交易上有私利，卻假裝公平和公正。

❼「別人幫你埋單，你還把別人賣了」

最曲折的清代四大奇案「刺馬案」（電影《投名狀》根據它改編）：兩江總督馬新貽背信忘義，出賣結盟兄弟張汶祥，於是，在閱兵典禮後，張汶祥刺殺馬新貽報仇。慈禧太后派官員去審訊案件，但因為政治鬥爭，結案拖延了一年多。

我自己也碰過這種壞人，更蒙受過損失，他們相信「朋友是用來出賣的，兄弟是用來利用的」。一般來説，如非親非故，我們不易受騙，但被騙的，都是因為對方是親戚、朋友或搭檔，所以古惑仔專攻「獵物」這弱位。張敬軒有一首歌，叫《感情用事》，便對了。

為甚麼很多香港人都有「古惑仔」和「古惑妹」的基因？

從清末，百多年來，香港都是一個資本主義橫行的商業城市，而且，我們有的是「買辦文化」，即用盡方法，把交易中的買方和賣方拉在一起，賺取佣金；故此，「滑頭」、無原則，是眾多香港人的 DNA。當年，兩大中西族群，語言不通，醒目的香港人因為通曉中文和英文，混水摸魚，取得好處。

歷史上，香港是「移民城市」，每年，內地「人來」；同時，也有港人「人去」。在香港，三代同堂的家族，買少見少。很多人不把香港視作永久鄉，反正遲早都走，因此，「事不關己，己不勞心」，加上這裏多五湖四海、龍蛇混雜的下流人物，於是，大家說：「正邪難定分界！」為了生活，見利忘義，理所當然。

有次，我向一個壞人追討借款的時候，他竟然說：「誰人沒有意外，你應把損失看作一場意外，這便和我無關。」

有人說：「澳門，是一個賭場。」那麼，難道香港不是一個賭場？我的經紀說：「香港是一個股票交易的大賭場！」金融炒風，近廚得食，深入每一個家庭，唉，正常收入以外，不靠「炒樓」和「炒股票」，錢從何來，你問問身邊的朋友吧？恐怕，「忠忠直直，終需乞食」，古惑，是本地人的生存硬道理。

年輕歌手施匡翹有一首歌，叫《耳仔軟》；有些香港青年，缺乏「雙向思考」，常受社交媒體影響，好的進不了耳朵，壞的卻照單全收。

有一個年輕人曾問我：「你可以介紹我入XX會所？」我問：「為甚麼？」他害羞：「我想結交多些有錢人。」是故，家長教導子女，明確訓諭：「畢業後，挑選工作，以錢為上！例如投資銀行、經紀、傳銷、『倫敦金』、『KOL』啦……」

數十年前的古惑仔，唸書不多，思想簡單，在街頭惹是生非、殺人見血。今天，古惑仔的品種進化了，武鬥不如文鬥，在商界、職場、政壇，這些殺人不見血的古惑仔，叫人心寒。

群體免疫（community immunity）理論是：當民眾很大比例染疫，就會產生抗體，對傳染病獲得免疫力。香港已有眾多「古惑」仔，不如大家一起古惑，會不會產生群體免疫，天天你「蠱」我，我「蠱」你，插肚不穿腸，結果，再沒有受害人，豈不是皆大歡喜？

公証人：包容和進步

你拿着一張香港結婚證書，或是一張駕駛執照，要向外地政府機關，證明它是真確的，如何是好呢？外地的單位，不熟悉香港，也不會來香港調查，這時候，你便要找外地信任的本地法律專業人士，來證明這些文件（「港件」）的真實性，這法律手續叫「公証」。

粗略來説，香港處理文件「公証」的專業人士分兩類：第一類是處理應用於內地的港件，他們叫「中國委托公証人」（China-Appointed Attesting Officer）；第二類是處理世界其他國家的，叫「國際公證人」（Notary Public），在古時，「証」和「證」的意思不一樣，現在，兩者互用。

中國委托公証人和國際公證人的責任不一樣。面對文書是否真確這事情上，中國委托公証人的行為，常概稱為「attest」，國際公證人的行為，常概稱為「certify」；兩者的法律是複雜的，但是簡單來説，國際公證人可以依賴文書當事人的「事實聲明」（就算有機會是虛假文書，錯失未必在於國際公證人身上），但是中國委托公証人的責任較重，他們不可只相信當事人的陳述或保證，必須主動出擊，調查文書和背後行為的真實性。舉例來説，當事人交出了一份合約，説是他和乙公司在香港簽署的，國際公證人可為這份合約的複印本（photocopies）加以證實，確認這份副本便是從合約原件影印得來，但是中國委托公証人卻要調查這合約的相關法律事實真相：到底這份合約的乙公司是否存在？這份合約的內容是否符合香港的法律？簽署手續又是否符合香港的規定？

嚴肅的法律文字是這樣寫的，可不要給它嚇壞，而我們這些公証律師，已身經百戰習慣了：「中國委托公証人辦理公證文書的範圍是證明發生在香港的法律行為，有法律意義的事實和文書；出具的證明使用範圍則在內地。所公證的文書，必須符合法律和真實性的兩個要求。合法性是指當事人的行為和文書內容，不得違反香港和內地法律。真實性是指中國委托公証人要證明文書的內容，經調查屬實或確認無疑等……」

中國委托公証人雖然都是香港執業律師，但當他們處理公証事務時，便同時受到中國委托公証人的法律和程序所約束。公證文書可以分為六類，但是太複雜了，不在此細表，可以舉例一下，常用的包括有「和內地人士結婚聲明書」、「贈與書」、「公司委托（授權）書」、「公司資料（狀況）證明書」等等。

想想，香港和內地原本是兩個不同的法律系統：香港是英美國家的「普通法系」（common law system），內地的是「大陸法系」（civil 或叫 continental law system），是德國、日本等國家所採用的。本來兩者是蘋果和柑橘，就是因為香港在 1997 年回歸後的「一國兩制」，把兩地的制度互連互通起來，把「公証」（attestation）這一個範疇的法律工作變化，生出了一個聰明、漂亮的混合體。回頭看，這過程委實不平凡：在研究香港法律體系後，因應內地的法律、法院、政府機關的規定，要訂立一套既不違反香港法律、又適用於內地的新穎概念、指引及架構，來執行

這些合乎兩地利益的公証手續。我們律師還成立了自己的組織，叫做「中國委托公証人協會」（Association of China-Appointed Attesting Officers），團結中國委托公証人，促進他們的工作。同時，內地的司法部門為了協助公証文書的流程，他們駐港的中國法律服務（香港）有限公司（China Legal Service （H.K.） Ltd），在 1992 年，設立「公証文書審核轉遞辦公室」，為發往內地法院和部門使用的公証文書 ，提供意見、協助、審核、加章、轉遞等等；換言之，所有「一國兩制」下所產生公証的文件，只要經過了香港和內地共同把關的這一扇門，便可以在國家的 23 個省、5 個自治區、4 個直轄市，暢通無阻地合法使用。誰說「一國兩制」是抗衡性、互相削弱對方空間的制度？經過兩方之間的了解、配合、互動、互助後，香港和內地在這方面的「一國兩制」，發揮了優秀的探討和實用價值，這「二合一」的制度，方便了內地和香港人，甚至方便了在香港的外國企業和人士。

我覺得中國委托公証人服務對「一國兩制」的貢獻是三方面的：第一，是「利民性」，舉例說，香港居民在使用公証文書之後，便可以往廣州，繼承爸爸留下來的一間祖屋；第二，是「經濟裨益性」，最近有一個香港商人，找我公証了他的香港居民身份後，便可以飛去北京，參加一個房地產拍賣會；最後，便是「法律進步性」，馬來西亞的 common law，其實加進了許多「穆斯林」守則，而日本的 civil law，則加進了許多美國的法規。所以，法律不是「死」的，它是「生」的，法律會吸收新的思維、改良不合時宜的東西，所以公証的安排，既包容了普通法，也包容了大陸法，通過積極、正面的交流，以「求同存異」的態度，讓「一國兩制」

演進，達到一個兩地人民都能理解、接受及互利的融和制度。我當了中國委托公証人二十多年，深深感受到，只要內地明白和體諒香港，香港也要明白和體諒內地，自然會產生一個互相信任、可以溝通、共同進步的環境，這樣，「一國兩制」才會有希望，有更大的示範效應。全世界，許多國家和地區，因為政治、種族、宗教、歷史的種種原因，存着各類矛盾和摩擦，如果，我們中國人獨一無二的構思，成功實踐了「一國兩制」這智慧模式，為人類未來，增加了一個可以解決矛盾的政治方案，不是很有意義嗎？不過，近年來，發生了一些事情，有些人對「一國兩制」的信念和作用產生懷疑，有些人甚至懷疑，它是否只能去到 2047 年，這是消極和被動的；既然「一國兩制」是我國的偉大政治實踐，大家便要合力，把它在互容共進的精神下，發展到至善至美。

1982 年，我從香港大學畢業後，法律系的同學組織了一個「見學團」，去遍內地東南西北，跑了一個月，使我對內地產生了好奇。約在 1998 年，我已經是一名執業律師，當時香港的大學還沒提供中國法律的課程，於是每逢週末，我便乘船去澳門東亞大學（澳門大學的前身），唸了一年的「中國法律文憑」課程，由於國家剛剛開放，法律條文仍是相當粗疏的，不過已見雛形，於是引起我對「國內」（當時，仍叫「國內」）法律的興趣。大概 1995 年，我以香港律師的身份，不用靠甚麼關係，參加了第一屆香港中國委托公証人的公開考試，它要筆試、面試（幸好我當時的普通話還可以）、寫文章，然後在劇烈競爭下考上資格的，編號是 105，即是第一百零五個中國委托公証人。現在的中國委托公証人，共有差不多 400 個，我的年代只有一百多位。到了今天，中國委托公証人的前輩走的走，退的退了，我從中國委托公証人名單的中間位置，給愈推愈高，現在第一頁便看到我的名字，處於被「敬老」的狀態。 但是，當我看到有些年青的中國委托公証人，只有三、四十來歲，承接着公証的任務，把一個原本在兩地體制下，不可能的法律事情變成一代接一代的可行。從 1981 年第一次委托八個律師（這批德高望重的前輩，有些離開人世，有些離開行業，好像只留下了一個）；1986 年委托 18 人；1991 年委托 23 人……至今，前後已委托了約十二批律師，總數應為 533 名的中國委托公証人。現時，全港超過 280 家律師事務所，可以提供內地使用涉港的公證書服務，而且還處理一年大概六萬份的港件，這「一國兩制」的法律系統，從一些如果尚在人間，可能有 100 歲的老前輩開始，發展到了今天所見到的年輕生力軍，代表着優秀的「一國兩制」成果，生生不息、相安無事、生機勃勃。叫人非常心痛的，是由偉大政治家們設計的「一國兩制」，發展了二十多年，應該是更欣欣向榮的，可是突然在近年，發生了一些政治和社會事情，兩地有些人民好像突然對「一國兩制」失去信心。

似乎，大家已忘記「一國兩制」的最初精神，應是在邁向崇高政治理想的道路上，大家本着包容、諒解、互信、尊重、合作和發展的精神，務求找到一個內地和香港都能和氣接受、符合雙方利益的「六尺巷」。由於香港獨特的政治、法律、社會和商業的歷史和環境，如果大家不願意在未來見到搖動，便要立刻以理智及和氣的方法，把精力放在溝通，尋找大家都能接受的共同點、共通點和共利點。經濟發展是一個點，社會穩定也是一個點，國家主權更是最重要的一個點，脱離這些現實去搜索如何改變這概念，是不智不仁的。容許我大膽的提出己見：回歸以來，二十多年了，最威脅「一國兩制」的，是香港深層次的社會問題（前總理溫家寶已察覺並提出過香港存在「深層次矛盾」，可惜至今都未能解決），包括青年上游、貧窮、房屋、人口老化等，當這些問題影響了「一國兩制」的穩定，以後必須由上而下，大膽去「結構改革」香港這些現況。

香港社會的穩定和生活的公義，現得不到彰顯和保護，這就是「一國兩制」目前要針對及修補的孔洞，而「一國兩制」的其他地方，只要繼續本着剛才所説的「包容、諒解、互信、尊重、合作和發展」，真的會是我國在政治史上，對人類的一個在實踐中、修善中、進步中的崇高貢獻。

在此，我衷心感謝「中國委托公証人協會」的優秀領導，大家以為我們協會的領導人是有偏頗的，那便大錯特錯，一向以來，他們有着不同的背景，大、中、小律師行、本地行、外國行的律師都有。他們不會只以遵守內地的指導作為行事的標準，他們也不會天真地以為本地的利益可以大於內地的法規和關注的事情，這些領導們，都是我們行內大家律師尊敬的老前輩，他們雖然名望大，卻能不謙不卑，敬慎地代表香港的公証律師，就香港社會和法律所產生日新月異的問題，飛往內地商討，尋求雙方都可以接受及樂見的公証解決方案。「蓬生麻中，不扶而直」，只要容許建設性的溝通，其實不必大吵大鬧，人們要以自己的遠見卓識，用道理在溝通過程中説服別人，這便是最好的。當然，如果沒有學識和遠見，便要先強化自己，多看書，多求真求正，才可獲取明白事理的多數人士的支持，吸眼球，跟大隊，是社媒世代的可悲。如果在「一國兩制」這發展中的制度裏，大家失去分寸，單向盲目攻擊，結果只會過猶不及，得不償失。

別的專業學會，也許是會員邀請會董交際一番，而我們的委托公証人協會卻反其道，上層的會董竟然分批的邀請我們會員吃飯，徵詢大家對協會運作的意見。每次在協會上課，眾多領導還會站出來，一起和會員説聲早安，然後講些輕鬆的話題，讓大家進入狀態去上課，中段休息時，還安排美味的茶點款待會員。如果會員的工作有過失的時候，會董不會殺氣騰騰，反而以「教導」和「協助」的謙和，指導會員如何改善，在迫不得已，才展開紀律行動。這便是公証人協會在面對和執行「一國兩制」時，所示範的一種用「心」態度。

當一個人找到自己的生活的穩定，找到一個家的穩定，找到一個社會的穩定，這個城市才可以在穩定中求變化，求進步。因此，「一國兩制」要有四條腿：法治安寧、社會改革、經濟發展及和氣共處，缺一，都會造成香港不安；可惜，面對「一國兩制」的良好構思，今天出現了許多白丁，而不是鴻儒。不過，慶幸在這過程中，成功的公証服務的發展，默默地證實了「一國兩制」所蘊藏的大量「不可能」變成「可能」。

律師往北：十里長亭

除了當律師，我是個作家，愛説故事；年紀愈大，愈多故事，三個胃都消化不了；唐代元稹詩句説「白頭宮女在，閒坐説玄宗」。

秦漢時期，每十里設定一亭，供出行道別，或旅途中的人歇息。香港律師和內地法律市場的互動，從八十年代開始，就像一條貴州「二十四道拐」，蜿蜒曲折。1983 年，我踏上這條路，每一段甜苦，有不同的「山友」共行，但是，沒有看見一位律師，可從首段路跑到今天，並非我們沒有壯志，只是生命太短，不能老驥伏櫪。學生時代去內地，我用背囊、穿短褲，後來，抽公文箱過關，還「西裝骨骨」。

在 1995 年，經過考試，我當了中國委托公証人，排名 100 多位，在名單的第二頁；快 30 年了，老律師走的走、退的退，我被推前到心膽俱裂的第一頁「前輩級」，「逝者如斯夫，不舍晝夜」。

最近，有行家好心：「你快去考大灣區律師專業試！」我失笑：「此生，考試太多，擁有太多沒有用的專業執照：香港、英國、澳洲、新加坡、美國；然後，還有公証人、仲裁員、調解員、投資顧問、婚姻監禮人……發覺，原來只為了自我肯定，或是虛榮；人的活動，局限於屁股坐置的三尺範圍，許多專業資格，只是鍍金名片，你現在給我一宗新加坡案件，我才不敢接辦，人不在那

裏，如何處理？況且，每個執照都要求 CPD（持續專業進修），規定我等學習，一到年底，上堂像還債一樣，血壓上升！」我和朋友唱了一首《長亭送別》，老夫告辭。

回顧 40 年，香港律師從「中港交往」，提升為「中港融合」，真是迂迴彎轉；大道理是「實事求是，穩紮穩打」，當冰解，壞便分；路，是人行出來的：內地改革開放，引動兩地人民緊密交往，故兩地的法律進程，難免捆結在一起，既有困難，亦有機遇。魯迅的《故鄉》寫道：「地上本沒有路，走的人多了，也便成了路。」國家和香港的關係，唇寒齒亡；不過，中國人的現代法治發展，為時尚短，兩地要齊心，共同進步，國民的法律環境才可提升。

在 1985 年，我有機會為廣東省在港的代表公司「粵海集團」服務，開始了解國情；而早於 1983 年，為了一宗交通意外索償案，單人匹馬，跑去中山和政府旅遊單位，進行法律談判，對手可當我父親；八十年代，當其他律師在香港「偏工一隅」的時候，我已要獨走神州。哈哈，管仲曰：「老馬之智可用也。」就讓我告訴你這數十年來，香港律師和內地法律市場互動的十個發展里程碑：

（一階段）法律活動，做而不究

那年代，香港是英國的資本主義殖民地，中國是社會主義的國家，香港行「普通法」，內地行「大陸法」，礙於政治現實，兩者不多「打交道」，香港律師對國內的法律，又不了解，如霧裏看花。可是，香港和中國卻是切實地同根同源，於是，要交往的，終會發生。

自 1978 年，中國第十一屆三中全會提出「對內改革，對外開放」，香港和國內的民間交往，打筋斗的倍增，無可避免地，香港律師和「大陸」（後來才改稱「內地」）律師都要去對方的「地頭」，處理法律事宜，如房產、打官司搜證、商業合作等，那到底憑甚麼法律基礎，律師們可以在兩地進行法律活動呢？當時，雙方都務實地不作深究；老行家開玩笑：「晚飯佳餚滿桌，你會查問如何弄出來嗎？吃吧！」

我記得為了一宗案件，廣州市法院接待我住進他們的「迎賓樓」，像四十年代大宅。法院竟會招待律師，還禮貌地説要我向我學習，我卻之不恭，到了晚上，庭院深深，只有我和半公里以外的保安員，刺刺冷風，拂牆花影動，疑是「故人」來。

（二階段）1981 年中國委任公証人在港服務

香港和內地人們的來往頻密了、活動複雜了，最頭痛的是當大陸部門，遇到一份香港的文件，例如結婚證書、死亡證，如何判斷它的真偽？例如，當時流行「騙婚」，故此，在 1981 年，中國司法部委托 8 個香港的律師和大律師，負責公証香港法律文件的真實性；不過，當遇上內地文件如何在香港使用，則程序依舊麻煩，當事人要拿文件去北京的英國領事館，才能進行公証，然後內地文件才可在港使用。

前後 40 年，香港已約有五百多個公証人，為「港內」法律互動，作出非凡貢獻。

（三階段）香港律師發力，學習中國法律

在八十年代中期，中國容許「香港人」報讀法律課程，而香港的大學卻不提供中國法律課程，但在執業中，認識內地法律，卻日益重要。

有一批先行者，往北京的中國人民大學唸法律，立法會議員梁美芬大律師，便是當年的一位。

我申請了上海的華東政法學院的法律碩士課程，因為他們容許兼讀形式，但要常飛上海。華政的老校舍，是創建於 1879 年的聖若翰大學留下來的，寒冬沒有暖氣，燈的開關掣，是一條拉繩，廁所，是蹲的；我未能吃苦，還是「捨難取易」，乖乖的每個週末坐船，從香港去澳門的東亞大學（即後來的澳門大學）唸法律文憑，重溫「飯堂」美食。那些年，中國恢復法律制度不久，法典也不多，一個抽屜足夠藏納。考試時，老師看到答案寫着繁體字，也知學生是「香港人」，不甚挑剔，便給我們過關。

（四階段）中國法律服務（香港）有限公司的重要成立

隨着中國改革開放，香港人對內地的法律服務需求大增，最直接的，當然返內地找律師，但人在香港的，如何是好？1987 年，中國司法部下面的「中國法律服務（香港）有限公司」，終於在香港註冊成立了。

當年，「中法公司」是香港唯一的內地法律服務窗口，凡香港律師遇到不懂的，都可以找他們免費解答；往時，很多香港律師的「刨冬瓜」不濟，還要談論法律，笑破肚皮。但是，它只是諮詢機構，到了約 1997 年，因時制宜，才正式申請為在港的中國

律師事務所。

這裏，我要讚揚一位偉人莊仲希律師，他本來是福建法官，是第一批派去中法公司的律師，他由八十年代服務大眾至今，現老人家退休後，仍孜孜不倦，為律師講課。

（五階段）容許香港人參加中國律師執業試

到了九十年代，唸過中國法律的香港人，渴望成為內地律師，於是，國家宣佈容許香港居民可參加內地律師執業試。在中國，法律系畢業，還要參加一個全國性考試，才能成為律師。不過，香港律師中文糟糕的，比比皆是，而且，書本是簡體字，閱讀中文竟要查翻譯詞典。

我不知道，現在每年有多少香港律師可成功成為中國律師；當年，直掛雲帆的，加起來不超過10位，其中有一位朋友早到內地開事務所，現應為「萬萬萬元戶」了，因為30年前，深圳房子，才十萬元一套。

（六階段）香港律師可以在內地設立「代表處」（Representative Office）

九十年代中期，內地進一步給我們擴大空間，准許香港律師行在指定的7到8個大城市，設立「代表處」，但是，它只是接待和協調的辦公室，「睇得吃不得」，不能在內地處理任何內地法律業務。

那年，我跑到「建造處處」的廣州去設立辦事處，該是當地的第4家「港人律師行」吧；河南黃沙萬里，我在35度高溫下，汗流浹背，找部門辦理申請，司法廳領導正午睡，心想：「我們對廣州的投入會否過早？」

回頭看來，真的過早，因為內地和香港的律師業務發展太快，那些「低功能」的代表處，很快便不能發揮作用，被歷史所淘汰。

（七階段）內地律師來港執業

回歸前，英國為本國律師「謀福利」，改變法例，容許 1997 年後，外國律師可以申請在香港執業。

1997 年後，內地律師也被視為「foreign」（外國）lawyer，故在香港可設立律師事務所；慢慢地，愈來愈多內地律師行，來港執業；最初只容許他們處理內地法律。不過，懂英文的內地律師，開始報讀香港的法律課程，考獲香港律師資格，於是，他們兼辦香港法律案件；這些「雙重資格」律師，後來更收購了「本地」的律師行。

到了今天，香港法律業鼎足三立：英美律師行、內地律師行和「本地人」律師行；但是，本地中小型律師行財薄力弱，在競爭下，好像「蚍蜉撼大樹」，非常可惜。

（八階段）內地和香港律師行聯營（association）

內地有 14 億人，香港只有 7 百萬，前者是大餅，於是「十年河東，十年河西」，數十年間，內地的法律活動，翻了數千倍。

本地律師只好不斷爭取，最後，國家同意香港律師行可與內地的律師行「聯營」，進入大陸的市場，但是在事務所的「擁有權」上，你還是你，我還是我，只不過雙方可以合作處理案件，並且合法地分享利潤，像「訂婚」吧？

2000年，兩地聯營的律師行，多如牛毛；但有些律師在想：「既然可以訂婚，何時可以結婚呢？」

（九階段）「港」「內」律師可結婚了

2010年後，內地和香港既同是一個國家，已難分彼此，更何況從法律使用者的角度，當然覺得不必分甚麼「內地律師行」和「香港律師行」，最好是「港內同盟」，給客戶 one-stop service，一桌兩菜。

於是，法規近年改了，內地和香港的律師行，在符合某些條件下，准許「合併」為一家律師行（merger）；目前，這些合併的事務所，恐怕超過10間了。

內地的「老律師」，找我問：「來不來合併？」我搖頭唏噓：「以我這年紀，有一個感覺叫做『怕煩』，如果這個機會20年前到來，我會『餓虎撲羊』，今天，腰痠背痛，頻跑兩地，恐怕是『燈蛾撲火』；我喜歡在家裏睡，不愛住賓館。」

電影《狂舞派》的金句：「為了理想，你可以去到幾盡？」本人已學懂了對「理想」説不。

（十階段）香港律師在內地成為區域律師

因為「一國兩制」，加上兩地的法律系統根本不同（即 civil law 和 common law），假如有一天，兩地律師可以免試，對等享有對方的執業資格，其實是對香港律師不利。因為市場定律，如內地律師也可以自由來港開業，一定是「大吃小」的。

所以，目前內地對香港律師的開放政策，是非常單向地優惠香港的，並非「對等」的：約 10 年前，我們已可以在深圳的特區前海，作「有限度」和「有限制」地執業，但那些限度和限制太大，可發揮的作用被約束了。

內地於是在 2021 年進一步開放：香港律師只要考一個「大灣區律師」試，便可以更寬鬆地在內地執業，即在大灣區，以內地專業身份處理某些法律案件，約有 655 人參加考試，效果如何，有待觀察；這些政策，會進一步協助香港律師拓展內地市場。

人生苦短，「有涯」跟隨不了「無涯」，我只好在十里長亭，送別一批批勤奮的香港律師，去追尋更大的市場，年輕人真的「莫愁前路無知己」，加油！

特此，感謝香港內地經貿協會的會長黃炳逢，是他提議我寫這篇〈香港律師和國內市場的互動〉的文章，讓我回顧 40 年的歷史，道出親身體驗的血汗存證；也但願這篇文章可以讓後人知道我們這一代的律師是如何為香港打開外面的專業市場。

第二章

人

任達華：情人

世上，有三類工作狂：喜歡工作的，他們的生存為了工作；第二類，人生沒情趣，只好寄情工作；任達華是第三類，一會兒，才「劇透」。還有，我是第四類，命運作弄我，天天忙，又說不出為啥而忙，應該是報應。

任達華（Simon Yam）是多年朋友，我開玩笑：「你的外號應叫『一陣風』，飛這裏，飛那裏；但去到何方，都會帶着一個『秘密情人』！」

單刀直入：「很多人不知道你是攝影藝術家，過去，在台灣、泰國、香港，別人為你辦藝術展；你的第一個攝影展，遠在 1990 年，在馬來西亞舉行。香港藝術家林文傑十分讚賞你。」

Simon 樂不可支：「那我作為演員，成就呢？」我捉弄他：「演員是表演藝術；攝影是視覺藝術，唉，地球都給你吃掉！」Simon 搖搖手指：「很多人都知道，我小時候爸爸走了，家裏窮，生活困難，你剛才說的甚麼才華，在七十年代都不能換飯吃。幸好，我有一個不錯的樣子，因愛體操運動，所以有一副不錯的身材。中學年代，最快的『搵錢』方法，便是當模特兒，時薪 $100 做 catwalk，$200 一小時拍廣告，而且，收現金的。本來，想完成專上學院，才決定找甚麼工作，卻『啱啱遇着剛剛』，大概 1977 年吧，無綫電視的監製周梁淑怡要找『小鮮肉』拍劇，她的好友馮美基是廣告公司高層，大力推薦我，就這樣，我當了 TVB 的小生，少數不是訓練班出來的演員。」

我八卦：「你小時候，已有藝術天份？」Simon 謙虛：「我很愛繪畫，用便宜的蠟筆繪畫山山水水，但是，小朋友怎知道這是否天份！當時，只知道如果當上藝術家，會活不下去。後來，為甚麼我玩攝影，而不是繪畫，因為繪畫要有嚴格的基本功，我錯過了最好的學習時機，到年長的時候，覺得使用相機比較得心應手，就這樣，除了拍戲，便醉心攝影。每一張相片，在訴說我的情懷。」

有一句「如果要別人保守秘密，除非他消失吧」，哈，現在劇透了：Simon 的秘密情人便是他的相機，而他工作狂，其一原因是為了攝影。

Simon 俏皮地：「多年了，我一直帶着相機，去到那裏，拍到那裏；接戲，可以去新的地方，拍到新的照片。每到一處地方，有三件事，我必定做：去美術館、流連售賣 postcards 的攤檔、欣賞不同地方的牆，它們的色彩和形狀，判然不同，訴說歷史的故事。你說我該把生活的步伐調慢，我也想過，但是，當知道快去新的地方拍戲，可以順道攝影，便興奮起來；我拍過泰山五億年前的三葉蟲化石、位於戈壁沙漠的敦煌石窟，這些地方，都迷得我心蕩神馳。」

以為任達華只吃蘋果，他這年紀，身材好，樣貌佳，想是他吃水果出來的。今天，他卻叫了一盤意大利麵。他說：「希望大家不要只鎖在工作裏：藝術真的可以『滋潤』一個人，讓你享受到吃喝以外的喜悅。今天，每人都有手機，去到那裏，你可以拍些人和物的照片。每天，大家瞎忙，把身邊美麗的東西忽略，我

HL 333
GAJA
PALMAC

們應發揮想像力，拍些自己喜歡的。由於科技發達，智能機械人走入我們的生活中，取代人類很多作業，而剩下最珍貴的東西，便是創意能力。最近，我帶着 iPad 隨處去，用它去繪畫、捕捉剎那間的感覺，我給你看看。」

我好奇：「你當年用甚麼相機？」Simon 眼睛給我一記耳光：「不是賣廣告呀，哈哈，最初是 1986 年買的 Minolta，後來是 Canon。」

我問：「那最難忘的攝影經驗？」Simon 想想：「九寨溝的五花海。」我問：「為甚麼？」Simon 説：「我對顏色是極度敏感的，五花海是我一生人見到最色彩斑斕的湖，表面、中層和底部都是不同的顏色，這處是碧藍色，那處是橘橙色，近處是橄欖綠色，遠處還有紫色；隨便亂拍，已是上天的傑作。有句話，叫『睹物思人』，我説是『睹物思美』。大自然給予人類藝術題材，讓我們獲得美好的精神生活。」我扮知識分子：「藝術和生命的關係？」Simon 頓時嚴肅：「生命有限，太短、太快、太局部。你站在這裏，如電光，過了一小時，我們又老了，而眼睛看到最盡頭的，也只是天空，天空以外，都看不見。藝術家，試圖用自己的有限，去想像無限的空間，畫出宇宙的奧秘；我們又會用自己的有限，去擴大生命的體驗，例如張大千畫中旁觀世態的浪漫。」我挑戰他：「演員工作呢？」他失笑：「演戲，始終是人的生活故事；但是，拿起相機，拍攝遠山或街角的美麗，我可以像幽靈撲入某種永恆的無限，這便是藝術。拍戲是集體行為，攝影是我私密的樂趣。」我自嘲：「年輕時，色彩富足夠了，今天，我的生活淪為黑白二元！」

靈光一閃，問 Simon：「你喜歡甚麼顏色？」Simon 指指身上的衣服：「綠色，接近軍綠色。」我抓抓頭：「為甚麼？」Simon：「那是一種回憶。六、七十年代的香港，不知道為甚麼，大家喜歡用綠色，如紅牆綠瓦。樓梯是綠色的批盪、家居的牆是綠色、窗框是綠色，甚至木屏風，也塗上綠色。」我猜：Simon 父親是紀律部隊，因公離世，他上班應穿軍綠色制服，故此，是他對父親的尊敬？任達華是含蓄的男人，不敢再問。

我喝了口杞子茶，問：「Simon，你喜歡的題材呢？」他看看外面的商場：「唔，是身邊發生的事情、看到的東西。視覺藝術，是用眼睛吸收後，加以想像，變出自己的 baby。我想拍更多街頭的作品，但未能如願，因為大家都認識我，一舉一動，立刻有人注視，當目標人物不自然，便不好看。」

Simon 認真地：「生命如果沒有愛、沒有藝術，只為生死的過程；如果生命有愛和美，生命就是藝術，所以，大家不要以為藝術是一份職業，或有錢人的玩意；這是很大錯誤，並且會錯失免費的幸福。」

最後，還是跑不掉的話題，問：「你作為演員的藝術感受？」任達華感觸：「我此生都不會退休，表演是一種『學不完、做不完』的藝術，以為某個角色已經演過，可是，看完劇本後，發覺不同年代、不同背景的同一類人物，如殺手，還是有特別的變化；再加上劇本、導演、演員對手都不一樣，我當然樂此不疲；最近，我好奇，舞台的演員是如何表達的，想學一點點。還有，演員是被動的，電影最後的『剪接位』不在我手，有時候，看到自己的電影，最驕傲的表演給別人剪掉，會心痛！」

任達華，是圈中的「獨行俠」，很少看到他和別人吃喝玩樂，只見他為演出而奔波。Simon 說：「無辦法，我追求好、更好、最好的作品！」他很少接受訪問，謝謝他對我這律師朋友的信任。

分手時候，任達華突然問我：「你知道為何億萬年的海底會上升而變成陸地？太神奇了！」我開玩笑：「Simon，我也想問你，你拿了多項影帝獎，還問我有沒有好的戲劇老師可以教你演戲，不神奇嗎？」

生命裏，必定要找到三個好朋友：一個懂運動、一個懂藝術、一個懂旅遊。很幸運認識到任達華，他集三種能耐於一身，「一個夠晒數」；但我在想：如果有一天，任達華在喜馬拉雅山做運動，然後要他作為攝影師，在月黑風高，拍自己鬼馬多端的表情，那將會是一個最好玩的綜合作品。

陳弘毅：民族

你信緣？我信。人跟人，就算歲月逃脱，還能用手抓着的衣袖，這便是「緣份」；有緣千里能相會，無緣對面不相逢。

我和香港頂尖憲法專家陳弘毅教授是兩種性格、兩個世界；但是，在生命的東南西北，總是碰上、道別、又碰上。他父親是我藝術界前輩，他太太是我的同班同學；不散的筵席。

陳教授香港大學畢業，後去哈佛大學，回港，當了一陣子律師，再到港大，作育英才至今。我要「紀念」這緣份，通過談天，留點文字；他說：「好呀，快來大學午飯，可給你一些珍貴照片！」學兄非常愛惜我這學弟；叫他「黃大仙」，也不足説明他的慈悲性格，因為黃大仙還需上香，Albert（我對他的暱稱）是「空氣」先生，沒收費，卻常煩廟堂之事。我和他，經歷太多，兩個男人愛閒聊。

陳弘毅和我吃飯，常互搶「埋單」，禮貌，本該如此。我笑：「你是我的導師！」他淺笑：「為甚麼？」我說：「1978 年，我考進港大的法律學院，當時，第一個接觸的是『迎新小組』，三人一組，你是組長，教懂我如何適應大學生活。六、七年前吧，我已經『封筆』，你突來電：『橙新聞成立，邀約律師寫網文，我不寫了，你寫吧！』就這樣，筆耕至今；此刻，但覺文字癡纏，既是愛人，又是仇人。」

Albert 是吃不胖的，白白、瘦瘦，説話如在圖書館細語，

二十分貝：「太多東西沒時間處理，最近，眼睛有些毛病，只好多聽『有聲書』，書，都堆在地上，看不完。」我苦惱：「唉，患難與共，我耳朵跑出毛病，懶動，想把辦公室搬到床上。」

我們談到 2019 年至今的動盪香港，都感慨萬端。我說：「衝動，容易被人利用，亂石穿空，驚濤拍岸後，捲起千堆雪。」

Albert 點很多食物，但吃得少：「面對新的未來，我希望年輕人辨析國民的身份，其實民族認同的光譜很闊，你可曾了解國家的河山？風土？文學？歷史？哲學？如只在政治題目打滾，便忽略了中華文化的博大。」我同意：「在殖民地年代，我們的身份是英國屬土公民，卻珍惜民族的身份，許多同學，選擇去唸中國文學、中國歷史、玩中國樂器；大學的旅遊熱點是內地，想看萬里長城和蒙古草原。當時生活困難，但今天人民取得的幸福，特別是『脱貧』，有目共睹。看扁民族，其實是招引別人看扁自己！」

我問 Albert：「世伯陳達文六十年代在政府工作，香港管弦樂團、香港話劇團等是他協助成立的，他是藝術界的功臣，獲得香港藝術發展局頒授終生成就獎。小時候，你的精神生活一定很精彩？」Albert 回想：「哈，我必然學過鋼琴；但是，自己沒有藝術細胞；和其他孩子不一樣的，只是常和家人去看話劇、聽古典音樂會，熟悉管弦樂器和曲目如貝多芬。唸聖保羅男女中學的時候，我唸數理科，到了進大學，父親説法律很實用，我便選讀了。家裏特別的，是藏有大量古典音樂黑膠碟，還有各樣的 Hi-Fi 器材，像貨場。小時候父母很少帶我看電影，中學時期喜歡的電影《*Carnegie Hall*》和《*War and Peace*》，都是和同學看的。」

我掩嘴：「小時候，我看電影比看書還多，因為媽媽愛帶我們外出打麻將，但是又不想小朋友吵着，於是給我零錢，拖着弟妹去看電影，我想當導演，但家裏覺得這不是『正常』職業，於是轉為編劇吧，沒想到命運最終是律師。」

Albert 對人很好：「還吃甚麼？」我失笑：「做律師的好處，是『請別人吃飯，別人請吃飯』，對美食，已失去好奇，吃，只是維持生命的手段吧！」他點頭：「我也不是 foodie，肚子不餓，便算。我喜歡看書，但是為了研究，已太多法律閱讀；週末我喜歡看『雜書』或電影，例如科幻、歷史、文學電影，《*Little Women*》（小婦人）和許鞍華拍關於蕭紅的《黃金時代》便是其中；雜書如白先勇的《細說紅樓夢》和關於現代德國哲學家的《*Time of the Magicians*》。我看電視不多，主要是看新聞、紀錄片。」我支持：「香港人不要怕文化學習，把它看作零食吧，每星期吃一點點。」

我傷心：「我們很幸運，那年代的香港知識分子，許多都精通中英語文，深切了解中外文化。今天，有些人談到中華文化，鄙夷不屑；有些談到西洋文化，又鼻孔朝天，這兩個極端，皆井底之蛙。」Albert 感觸：「香港是自由之都，可以吸收中外的『文、史、哲』營養，我們要好好利用，不應該讓意識形態限制自己，思想應該是客觀、理性和包容的。」我搖頭：「最可怕的，有些家長以子女英語流利為榮，卻不以中文糟糕為愧！」Albert 說：「作為中國人，在思想上，應對自己民族的文學、哲學、歷史有良好認識，同時，亦要學習現代西方的思潮和理論，這才是內涵和修養！」我接着：「在路邊，你問人誰是李商隱？『魏晉南北朝』是哪年代？『九流十家』是甚麼？反應會很可笑！」

我開玩笑：「你長期戍守大學，沉悶？」Albert 驚訝：「哪會？港大是一個文化城，如博物館、書店、音樂廳、公開學術講座，太豐富了。有時候，我為外國朋友安排的活動，便是參觀港大，介紹它的建築、歷史、人物；連地鐵站也叫『香港大學站 HKU Station』，站裏的牆板，更印上港大百年的照片，像校史館。」

我問：「香港的文化生活落後嗎？」Albert 回答：「『雅文化』方面，如古典音樂、人文閱讀、逛博物館等，可能稍爲落後，也許香港人太沉迷於物質生活；但是『俗文化』來說，一點都不弱，港產片、流行曲、動漫，甚至通俗小說，花團錦簇，這些東西也有文化價值。學校教育方面，過去，過分偏重『技術』灌輸，如商業和科技，太功利，而忽略『人文』和『倫理』教育，包括文學、歷史和哲學。其實，教育最重要的是霍韜晦先生講的『性情教育』和『生命的學問』，學習如何做好人。」

我百感交集：「以前的父母沒有唸書，卻有很多做人的道理，教導小朋友；現在，許多父母都有唸書，但是卻不懂『責己以嚴，待人以厚』，反而一天到晚教小朋友：別人不可以欺負你、你要記得爭取權益，否則，便 complain、complain 呀！」

Albert 揚聲：「來，要不要吃甜品？」我欣然：「一點點。」他接着：「學者洪清田說過現代政治、管治和行政，是以獨立個體及個人自由自主為基礎、建構由上而下的理性多元體制及中立平台。我認爲現代華人應擁抱雙源文化，既學習中華文化的珍貴之處，又通曉西方的現代學論。內地的現代化發展只有數十多年，人民也許未能做到這方面；原本，在一國兩制下，香港人應可以展示雙源文化的力量，可惜，由於政治鬥爭的拖累，這個理想仍成空。但我認為，一國兩制的實驗仍未結束，香港人仍有望成爲中華文化現代化的先行者！」

我激動起來：「學兄，你曾經提到德國的近代史充滿啟發性，因為她從二戰前後、東西德分裂、後來的合併，從血淚中得到教訓；我也希望近年的大事，叫更多香港人長點心，在工作和享樂以外，認真學習中華民族的『文、史、哲』；內地最近亦啟動『新文科』教育，改善國民的文化水平。」陳弘毅教授最後說：「我衷心希望年輕人，不要只從負面心態去看事情，所謂『反求諸己』，這才是出路。」我點頭：「最近看內地報道，消防已使用『無人機』，快速滅火救人，國家，在客觀地改善；凡事，在批評後，亦要自我檢討，才會進步。」

飯局裏，滿席都是好吃的菜，而廚房的某對筷子和某個碗，更有緣放在面前；我感受到陳弘毅的高情厚意，又感受到他對香港的擔憂；在愛之深的大前提下，我是「責之切」，而教授是「痛之切」。我問 Albert 有沒有歌曲想聽？他的笑容像陽光：「《假如愛有天意》，送給我太太。另一首是關正傑主唱的《東方之珠》，送給香港人！」

我和陳弘毅教授，兩種性格、兩個世界；但是在生命的東南西北，總是碰上、道別、又碰上。

牛牛：孤單

女人水造，欣賞「花美男」。溫柔的男人，梅酒釀製。

許多女性朋友喜歡一個歌手叫周深，送來一首歌叫《紅玫瑰》，我鄉巴佬：「是女的？」她大笑：「我的男天使！」

最近香港大紅的偶像叫姜濤，和日本女優中尾芽衣子「撞樣」，男人鋼造，不懂欣賞，但「子非魚，安知魚之樂」。

名著《紅樓夢》，這樣形容年輕主人翁賈寶玉：「面如敷粉，唇若施脂，轉盼多情，語言常笑。天然一段風騷，全在眉梢。」

香港的廣東男人，以粗線條為主，是故，我未碰過一個如賈寶玉的少年。今天，終於遇上，他叫「牛牛」（張勝量），接近190cm 高、玉樹臨風。牛牛 1997 年出世，膚如白玉、頭髮濃亮、手指修長、目若秋波；而且，說話輕柔自信，笑容溫文爾雅，我這老男人，坐在他身旁相比，慘絕人寰。感謝首飾名師王幼倫的介紹。

牛牛（Niu Niu）是繼「鋼琴男神」郎朗之後，在香港紅起來的鋼琴家。這琴鍵戰士說：「很喜歡香港。最近，為《法國五月藝術節》和大提琴家貝樂安（Laurent Perrin）合作，包括有法國大師佛瑞（Gabriel Fauré）的《悲歌》、《夢醒之後》等曲目，還有自己世界首演的原創作品《希望》。」一個國家，富裕、安定、精神文明進步了，才會出現牛牛這些有國際氣質的新一代。

牛牛出生於廈門，音樂世家，小時候，天才橫溢，三歲，已

彈得一手好鋼琴。六歲，公開演奏莫札特和蕭邦的作品。八歲，牛牛被上海音樂學院附小破格錄取，是創校以來最年輕的學生。十一歲，他在東京三得利音樂廳和北京國家大劇院獨奏，是兩所國際音樂廳有史以來最年輕的鋼琴演奏家。

牛牛長大後，想看世界，赴波士頓新英格蘭音樂學院（New England Conservatory of Music）就讀，於 2014 年，進了茱莉亞音樂學院（The Juilliard School）。「小牛牛」只有十歲，簽約百代唱片公司，後來轉簽環球唱片，錄製了多張古典鋼琴專輯。最近和 Decca Classics 合作，全球發行唱片。

牛牛淡然，聳聳肩：「2014 年起，我四處飛，沒有拍拖，至今是單身，但是，那份孤寂，是我演奏感情的來源，也是一種美麗療癒。」牛牛跑了全球超過 30 個城市，國家包括中國、美國、德國、法國、日本……我笑：「香港有個年輕歌手，叫林家謙，他的歌叫《一人之境》，可形容你：『一個人原來都可以盡興，多了人卻還沒多高興！』」牛牛逗樂兒：「也許，有一天，我會找到另一人。」

牛牛只有二十四歲，但是，辭吐如三十四歲。他微笑：「沒有辦法，從六歲起，交往的，都是些『大朋友』。到了入讀音樂學院，很多成熟同學，因此，童年缺乏其他小朋友。」我挑起他的思潮：「後悔嗎？」牛牛拍拍自己：「沒有呀！人生，正面可以是反面，反面可以是正面。告訴你一個故事：九歲時，我開始反叛、發脾氣，問媽媽：『為甚麼要練習鋼琴？我要玩！天天玩！』她說：『好，不要再練，音樂是不能勉強的，既然你不想彈，就放棄吧！』我很開心，如放監的囚犯，天天去玩，把音樂忘記得一乾二淨。但是，數天後，突然掛念鋼琴，『以後不再彈鋼琴』這句話，噩夢般纏繞我；自此，我立下決心，不再埋怨。音樂，成為我的『至善』！」

短短的個多小時聊天，牛牛的誠懇性格，打動人心，每句話，不吹噓自己。成功的藝術家如他，擁有四種「馬力」：實力、智力、定力和魅力。

和不喜歡的人做訪問，如吞進漱口水，想快快吐出。和牛牛暢談，像是竹蔗茅根水，清香四溢，無「私」不談。

我好奇：「你的十隻手指，完美得像古希臘工匠雕刻出來的象牙！」牛牛羞澀：「可能我高大，手指也合乎比例吧！」我問：「如何保養？」他嗟了口氣：「我很喜歡 weight training，但是，擔心會傷害手部，只好放棄。唉，連球類運動也不敢碰。」我追問：「沒有運動？」牛牛答：「只能游泳。」我倚老賣老：「要蘸點護手霜？」牛牛點頭：「每天，我用冷水熱水泡泡手：熱水，讓肌肉放鬆；冷水，讓手部消炎。但是，白天要練琴，不能用 cream，太滑，晚上，睡覺前，會塗一層薄薄的 lotion。一對手，像兩個親人。」

我問牛牛：「你每天花多少時間練琴？」他說：「大約六個小時。」我豎起大拇指。他繼續：「分開早、午、晚三段時間，你不用為我擔心『悶』這回事，因為每次我會設計不同的曲目和風格，挑戰自己。但是，mid-night mood 會難一點，因為不可騷擾鄰居。」

我望着他得體的衣着。再問：「成名早，是好事嗎？」牛牛眼神堅定：「當然好，我的藝術生命從六歲開始，經過錘煉，對音樂的信念更強：音樂是世上最美好的東西，我不會轉行，當音樂伴我到老，那是最幸福的。況且，我有使命傳播音樂，讓它給予人們安慰和喜悦。音樂比文字直接、比畫圖立體、比說話有想像空間。普通人，當聽進一首樂曲，感情速達，或笑、或哭，太美妙了！」

我妒忌：「你太早甚麼都擁有，還追求耶？」牛牛：「我有不足之處，仍要學習，我正追求 sentiment 和 emotion 的表達，包括演奏時，音樂高低、快慢、輕重、肢體移動、手指挪姿、表情變化，甚至呼吸力度。」

我笑：「音樂是一種表演藝術，而鋼琴是一種綜合的功力。」牛牛活潑地：「哈，有一天，讓我唱歌加上鋼琴！」我回嘴：「唉，牛牛，你擁有『國民偶像』的條件，未來的煩惱，恐怕是行『大眾男神』還是『藝術家』的路線吧？」

牛牛不語，停頓，說：「有光明，便有黑暗；有快樂，便有悲傷。我知道，愈有成就，便愈孤單，當孤單，有更多時間去思考，感情和思想就豐富起來。如果我想更『紅』，也許就是用音樂和更多人分享，用藝術喚醒心靈。」

我頓頓，讓牛牛可以平復，問：「未來日子很長，你想怎樣？」牛牛堅定地：「音樂！我不留退路和小路，只有前路！還有，飛得太多了，我想努力：謹記每間酒店的 room number；謹記每次演出後，依依不捨的樂友的名字；謹記更多樂章，希望『零看譜』！」我揶揄：「你演奏時，常常面看觀眾眼神交流，琴鍵都不看呢！」

我問：「你的音樂情感哪裏來？」牛牛說：「看電影，很悲傷的電影；喜歡日本的一部電視動畫，叫《琴之森》，描寫森林內有一台無聲鋼琴，引發三個鋼琴師的故事，我為其中一位來自中國的角色，進行鋼琴配音。其實我的世界，也有壓力的一面，因為從小被叫『神童』，有人會問：『你的成就會否頂峰』、『你的路如何走下去』……故此，希望壓力轉化動力，讓自己的表演更完美吧！」

我問:「你喜歡甚麼音樂？」牛牛説:「音樂是世界語言，好的，便喜歡，身為年輕人，也喜歡流行歌曲。古典音樂方面，我喜歡貝多芬的《命運交響曲》（李斯特改編版）。」

最後一問:「演奏前，你吃東西？」牛牛笑:「不想肚子有『複雜』的感覺，只吃香蕉或 chocolate。演奏後，我喜歡吃港式點心和日本壽司；既美味，份量也不多，更隨時可以『封肚』不吃。」我問牛牛喜歡家裏的甚麼菜，牛牛俏皮地：「不得了，媽媽煮的菜，比我還世界級，她的紅燒肉和豬骨湯，成為我的激勵。母愛，是太陽、是月亮。」

過去，香港這小島可怡情；今天，是大國的一部份，是全球一體化的跑手。競爭劇烈，不會因我們「閉關」而消失。青山不會變，地殼仍在，但是，一個城市的盛或衰，因人而起，因人而終。

如牛牛所説：「我們沒有退路或小路，只有前路。」香港身處樽頸，前路，要嘛內地化，要嘛國際化，不可鵝行鴨步。但願香港人一起發奮，多些國際優才，如牛牛的級數。

孩子 18 歲以後，是屬於地球的，香港的爸媽們，必須學會放手，切忌纏繞子女，或圍爐共慰。香港人此後的生命觀，要大要寬要高，沒有投鞭斷流的勇氣，成為國際級的中國人，便沒有世界大都會的明天！

林家棟：半生

我看過他得志、失意，彼此、彼此吧。

有一種鳥，叫 Common Swift（普通樓燕），英國最多，牠們可以在空中不停飛翔，在過冬遷徙途中，連續 10 個月也不用着陸，食物是空中的昆蟲、雨水和霧水，連睡覺甚至交配也在飛翔中進行。

我認識一位演員，像 Common Swift，不斷飛呀飛，「勞勞車馬未離鞍」，真怕他「炸爆」生命，他是影帝林家棟。

「無料」的演員有五種：有些「木口木面」，表情呆悶；有些「七情上面」，卻像演樣板戲；有些「照貓畫虎」，純是 A 貨演出；有些演甚麼角色，都是孫悟空變法，做回自己；最後一種不是演戲，在鏡頭面前只是「擺甫士」，聲音要迷人。

金像大導莊文強看完林家棟在電影《手捲煙》的演出，讚賞：「家棟的演技，已經去到前輩劉青雲和梁朝偉的級數，一個平凡流氓的角色，給他演得層次分明，異常吸引！」不過，我得坦白：家棟不是「格大吃四方」的全方位演員，由於外型所限，有些角色未必適合。

從八十年代認識林家棟至今，他代表兩句話：「發奮圖強，精進不休」，真真正正愛演戲、愛電影。

我的新書《枉少年》在香港書展推出，找家棟座談，題目是：「一個演員、編劇和監製的成長書本」；他的第一章是在九龍城

基層長大的孩子；第二章是少年愛玩，不喜歡讀書，爸爸用木棍打，也不愛上課；第三章是畢業後，在職場「由低做起」，外賣員也做過；第四章是 1988 年進了無綫電視（TVB）的藝員訓練班，家棟說：「第一次落選，第二次才被取錄，當然，入了訓練班，面對的是收入大減，但是，我太喜歡演戲了！」我笑答：「我和你都是 TVB 的『產物』，我是小編劇，你是小演員，大家都經歷過『高辛低薪』的工作環境。當時，我是 part-time 的，一個星期 3 個下午，從薄扶林道坐巴士到九龍塘 TVB 上班，一個月 500 元薪金，幸得上司請我們去九龍城，吃創發的潮州料理！」家棟回憶：「當時我演的，多是家丁和圍觀者，側面的鏡頭也沒有一個，哈，我背面的頭髮和肩膊在演戲！」兩人抱腹彎腰。

家棟說：「我的第五章，是 1995 年，在《娛樂插班生》模仿張學友，可叫『一舉成名』吧。往後，我拍了大賣的電視劇，如《大鬧廣昌隆》、《茶是故鄉濃》、《林世榮》。」我問：「第六章呢？」他想想：「2001 年，離開了 TVB，誓闖電影界，成為劉德華公司的藝人，之後，可以用『辛苦經營』這四個字。電視台是固定工作，月月出糧；電影界是『人際關係』加上『優勝劣敗』，為了收入穩定，我會接配角角色，電影好壞，也不好深究。但如果找我做主角，總想建立自己的『金漆招牌』，於是嚴格挑選，例如今年的《手捲煙》，我知道是一部有潛質的電影，沒有人工，也願意接拍！」

我佩服：「你還有第七、八章：2010 年，你不滿足只當演員，拼了老命，用很低的成本下，拍了一部鼓勵追夢的電影，叫《打擂台》，獲得了香港電影金像獎 4 個獎項。六年後，你憑罪犯電影《樹大招風》獲得三項影帝殊榮！」家棟裝鬼臉：「希望以後還有更多美好篇章，年年有今日，歲歲有今朝！」我説：「今年是第九章，叫『大豐收』，誰人在暑假竟然連續兩部電影受到歡迎，除了《手捲煙》；還請得兩大瑰寶謝賢和馮寶寶，在 60 年後，為你再度合演，拍出叫好的社會電影《殺出個黃昏》。」

家棟感觸：「人的時運，有高有低，不要計算太多；我做事有兩個宗旨：『事情是你喜歡的嗎？工作會讓你感到進步嗎？』跟着，每天勤勤力、少玩些、睡少些。我的生命，介乎『貪心』和『不貪心』之間，對金錢，不要貪心，影帝這榮譽帶來多少金錢回報不重要，因為我已經『有瓦遮頭』、『有輪代步』、有我最愛的茶餐廳美食。小時候，不愛讀書；今天，也許追回錯失的日子！所以，對於追夢，是『貪心』的，我希望跟新人和老手，做出一些『見得人的電影』，不枉此生。」

我點頭：「現在，我決定是否做一件事情，正如一首歌《最緊要好玩》。如果是『渣人』、『渣事』、『渣結果』，請別煩我，阿叔要事情 groovy，才過癮！」有一本書，叫《The Happiness Project》，它大概説：如果你的心態不改正，事情便不會改變，你的人生也不會轉變。

我認識的林家棟，有幾件事是難忘的。我和幾位編劇在努力，籌備一部粵劇電影，但是，又擔心沒有投資者，家棟勇於直言：「擔心往往是藉口，是沒有做到最好的理由，如果做出成績，一定有人會支持！」有些人，會覺得家棟説話不給面子。

我和家棟為香港演藝人協會服務的時候，他最受資深會員歡迎，因為為人敬老，例如逝世的老牌女星夏萍，是單身的，但家棟對她照顧有加，猶如「契仔」一樣。

成績斐然的《打擂台》慶功，家棟邀請我去參加，嚇了一跳，竟然吃炒粉炒麵，於是開玩笑：「老闆劉德華的主意？」他掩嘴：「當然不是，但我作為監製，要好好保護老闆的錢包！」

家棟的電影，必定帶出數位新人，我問他為甚麼，他認真地：「從前，我是新人，感激前輩給予機會；今天，我想繼續這優良的『傳統』。」對於他這種態度，電影圈的賢達吳思遠和張同祖便很欣賞。

家棟從進入電影圈那天，最多人談論的，是他推了頗多做男主角的劇本，朋友説他「掃錢出街」，有人誤會他是「擺款」。我當電影公司法律顧問的時候，親自見證他作為「新人」，膽敢推劇本；他抱歉：「當我有懷疑，自己便會演得不好，不想影響大家！」

家棟安排電影首映時，親自打電話給每一個朋友，誠意邀請，深夜也會收到他的口信，這一份「做到最好的執着」，泣鬼神的！

最後，是關於謝賢和馮寶寶這兩位演藝界學長，他們出名是「多詢問」的，我問家棟是否相處愉快，他充滿笑容：「非常愉快，他們多問題，是因為對電影有要求，當他們問『為甚麼是這樣，而不是那樣』的時候，其實是給我機會去思考，在我能夠合理地解答後，他們便安心，我覺得這是高質素的互動！」

這篇文章，送上我和林家棟在 2021 年香港書展的輕鬆座談，亦感謝香港貿發局的錄影；家棟多晚通宵工作，生病了，仍然堅持到來，支持我的新書《枉少年》發佈，真的感動！

無以為報，只好引用家棟的常用句，鼓勵大家，他説：「和一些息息相通的戰友打擂台，是最開心的，因為大家相信：『唔打就唔會輸，要打就一定要贏』。」

但林家棟的方法太辛苦了，我在找尋：有沒有可以懶惰但會成功之道？

姚珏：落花

女人像花，城市也像花；女人老了，叫「一朝春盡紅顏老」，城市老了，叫「古色古香」。人，老了豈能回到花樣？但城市老了，可以更新。

一個國際級的女性小提琴家，從白玉蘭的上海，跑到玫瑰的紐約，定居在洋紫荊的香港。姚珏說：「我像花嗎？我只是以香港為家的藝術人！」

很奇怪，許多名演員和藝術家，成為香港永久居民後，卻怕提起香港人的身份；姚珏不會，她坦誠、可愛，「13 點」（原本是上海俚語，活潑、好玩的意思）程度，如荷里活影星高蒂韓。姚珏：「回憶過去，難忘的當然是上海，爸爸媽媽愛我的童年日子（她父親是著名指揮家姚笛，母親是醫生，姚珏 7 歲公開演出，被稱『音樂神童』），但是，1997 年嫁到香港，二十多年了，我對香港的感情，濃到化不開，今天和未來，我屬於香港的。以前，我被叫『新移民』；現在，大家視我為『香港人』。近年移居這裏的，被叫『新香港人』，我明白他們的心情，不過，告訴你：香港是個文化大熔爐。甚麼是 melting pot 呢？便是不同文化背景的人走在一起，很快就好像不同的金屬，在坩堝中熱混成新的合金，既鞏固舊有的價值觀，但又形成一種新的融合文化。紐約市同樣是文化大熔爐，有些大城市不是，不同的族群，依舊沿用過去的生活模式，聚居在不同區域。我是香港的一分子，和許多人一樣，

為我們八、九十年代『流行文化』感到驕傲，但是，我希望以香港人身份，把香港的藝術和中華的文化帶到全世界，發揮這個文化大熔爐的『超合金』力量！」我坦白從嚴：「香港人要趕上的，恐怕是閱讀習慣和文化修養。」

姚珏很好玩的；我説她的廣東話不靈光，她會開玩笑説：「怪自己吧！沒有盡力『改良』品質，希望各位包容！」為了專訪，想和她拍照，她突然打電話來：「我怕化妝，剛巧明天要盛裝出席場合，不要浪費，你來『打卡』吧！」

中國近一世紀社會，「上海女人」和「港女」地位，足以影響「人類安危」。我的母親話當年：「上海女人，套路大陣仗，我們躺木板草蓆，她們睡彈弓軟床長大的；喜慶場合，花枝招展，搶盡廣東女人風頭。」張愛玲的文章《到底是上海人》説過「上海人是傳統的中國人加上近代高壓生活的磨煉」，故此，上海女人「世故練達」；我問姚珏是不是？她大笑：「我一開口，別人便聽出我的上海口音，説我是『上海妹』，其實我很努力 fit into our city，你説我是一個自主自強的『港女』，更貼切。」

姚珏 16 歲離開上海，往三藩市、紐約學習和生活，約 30 歲，結婚和定居於香港。我問她：「三地如何陶染你的藝術生命？」她咬咬唇：「上海的音樂訓練，講求嚴格精準，而紐約 Juilliard School 專注我的創意突破，香港呢？重視藝術家和社會的互動；如我算有『六臂』，便要多謝這『三頭』。」我問：「香港的互動是甚麼意思？」姚珏説：「第一，很多香港藝術家創作時，會追求作品的 social relevance 和 resonance（和社會的關係及共鳴）；第二，香港政府有許多『政策委員會』，邀請藝術工作者參與，容許我們為藝術制訂謀略，你和我，便是在藝術發展局認識的；如果我在內地生活，藝術發展環境，不可能是這一個參與模式。」在 2013 年，姚珏成立了「香港弦樂團」，在靠資助和捐贈下，辛苦經營，為年輕人爭取演出機會。

我好奇：「你哪裏來這麼多時間？」姚珏點頭：「時間不夠用，是我人生的苦惱。為了照顧兩個女兒，在 1997 至 2003 年我停頓所有演出，為的，便是做好一個媽媽的角色，我們這些要海外演出的小提琴家，最困擾是一年飛到晚。現在女兒已 18 和 23 歲了，我可以『做番』自己；但我沒有失去的『感覺』，我做過女兒、太太和媽媽，生命的 dimension 大了許多，如果女性藝術家不選擇單身，她所得到的，便是這些額外人生。音樂，是要和別人 share 的，而藝術家要 give 和 contribute 的，我的不同角色，讓我表達音樂時，有更深的情感。」

她吃了一口燒賣，補充：「音樂是人生，世途經歷愈多，演出愈有深度，這些，不是單憑天份可以達到的。想擁有更多人生經歷，便要打開門口，讓更多事情走進你的生命。藝術工作者閉門『自 high』，或自戀自憐，是窮巷一條！」

我問：「你有沒有遺憾？」姚珏的豪氣來了：「自己對不起自己，叫遺憾；別人對不起自己，叫虧欠，兩者的負面情緒，我都沒有。女人容易覺得被虧欠，但我認為 women should be stronger than men，世上沒有白雪公主，反而應有更多感恩的平凡人！」

我捉弄她：「你天生高大好看，在台上可佔有便宜？」姚珏的笑容，像陽光插穿雲彩：「有的，演出的頭十分鐘吧，人家來看技藝，樣貌 visualization（視像）的作用，只是甜品吧。」

我再找她麻煩：「很多人說你在台上拉小提琴的動作很『激情』，你有沒有計算過？」她搖頭：「從來沒有，我是自然派，最怕 artificial 的東西，我只是『從音所欲』；有些人叫我在台上溫柔、女人味一些，我也不懂。」

我問：「你會去外地發展？」姚珏拍我手掌：「怎會？香港是個精力無盡的大城市，我每天像彈珠給彈來彈去，多好玩！更何況中央開放大灣區給香港，想在這 11 個城市走紅，已經筋疲力竭。去西方發展？更不必了，亞洲人正在世界冒起，這是大好時機，我還在準備中呢。告訴你一個秘密，過去一年，我每天花五、六個小時重新練習拉小提琴時的手指放位，為的是將來演奏時，會有更好表現。我想和每一位年輕藝術家分享成功的五大條件：要常常思考改進、勤力練習、建立個人風格、對身邊每一個人 open up、別把你的事業毀在『斤斤計較』。『藝術家』這稱號，不代表就有超群的水準，成功之道，離不開長期的鍛煉；當機會到來，你才可得助，一飛衝天。」

姚珏說話時，手舞足蹈。我笑：「你享受台上表演嗎？」姚珏認真地：「Life is interesting ！不管生命常有挫折，我跌倒後，學懂一些事情、感受一些衝擊，很想把這些向觀眾表達，我希望用美麗的音樂，和大家一起感受生命；這絕對不是 show off，是謙虛地奉上靈魂！」

我的最後一問：「姚珏，甚麼是好的音樂？」她想想：「有『根』的東西，『根』，便是你的過去直至今天，形成一個怎樣的你，你心裏有些東西，要通過音樂把它剖白出來，不要矯揉造作、不要扮高人一等玩弄技巧、不要模仿別人，要把真真正正的你，呈現出來。」

認識姚珏十多年，她不單止是花，還是「五行」，擁有金、木、水、火、土性格的女子：剛強是金、沉實是木、活潑是水、急性子是火、貼地是土。

「上海女人」的世故練達，加上「港女」的自主自強，還有西方小娘子的率直大方，姚珏似乎在說：「不用給我找武士，送我一匹駿馬、給我一把利劍，Oloiya ！」

何志平：文化

香港人的毛病：自大、自卑、自私，而且往往三者共存；但文化水平改變，會使香港再光輝。

前民政事務局長何志平 2020 年從美國雁歸香港後，他請了一班「老人家」，前藝術發展局的主席及副主席喝下午茶，我第一次見到偶像何太太，七十年代紅星胡慧中，難忘她的《歡顏》。何太爽朗優雅：「多吃呀！吃不完的，我『打包』。」「打包」食物，是香港人的美德。

何志平看着妻子，笑容追隨她的背影。局長談吐溫文、用字如小李飛刀，「例不虛發」。香港回歸後的高官，他最懂中國的文化，著作無數。

二十多年前，日本最大的劇團「四季」，想來香港發展，找我當顧問，經介紹，聯繫了何志平局長。他中學唸 DBS，院士是哈佛大學，2002 年當了局長，既是小提琴手，又是眼科專家，對文藝的熱情，如中暑；局長飛去東京參觀四季，不過，在香港要拿地建劇院，幾乎不可能，當時可考慮的契機是西九龍。局長認識我後，說：「特首和我都很想推動文藝工作，你懂法律、商業和文藝，在委員會幫忙吧！」就是這樣，我為文藝界服務至今。

和局長坐下來，談香港的文化前景。他語重心長：「有一天，香港人不再庸俗，擁有私德和文化修養，那多好！一個社會，某些成就，可以用數字『量化』（quantitative），例如 GDP 或就業率；

但是，有些成績卻不是數學算式，例如教育能否培育出有品格的青年、文化活動能否產生有素質的市民，這方面，香港的成就落後。大家都在問：有了文化局後，市民是否變得推己及人呢？有錢人不再炫富？年輕人會否尊師重道？中產多看書充實自己等等。這都是很多人對『文化局』所期待的成果。常常說，香港人的品德修養比數十年前，退步太多。過去，政府用制度及量化手段等

hardware 去解決問題；結果，解決不了社會教育問題，希望未來『文化』這 software，會做出一個包容、聰穎、創新、有美感和修養的社會。我們真正需要的是『heartware』和『soulware』！」

局長一錘定音：「一個真正有文化願景和文化承擔的特首和政府，會真心着意香港人的素質會否蛻變，從思想到修養，都好好沉澱。成立側重『行政分工』的行政機構叫文化局，可以理解為第一步，但『文化』絕不只是『有部門負責「管理」便是了』。」我聽得入神：「那是甚麼？」

他吃了一口沙律：「希望大家牢記我這一番話：『我們不只需要一個「直向」只做管理的文化局，或只關注行政和運作的部門，我們期待終於會出現了的一個「橫向」協調各政策局的文化司』，他有策略性，跨局跨部門地指揮各局的策略配合文化議程；而重中之重，是我們的特首自己也要具備文化視野，知曉文化對一個國家和民族，如空氣般的重要；而且，他或她更要擁有文化涵養和抱負，打破官場抗拒『質化』（qualitative）工作的種種理由，支持這位司長，帶領出一個所有政策局都全面用心推動『文化為主』的政府！」

我說：「對大眾來說，太抽象了，可以舉例？」局長想想：「文化，是 360 度的內心教化；公眾領域的文化政策，過去分散在眾多不同的局和部門之中：教育局掌文化、語文教育；民政局掌藝術、文物、宗教、青少年事務；發展局管古物、古蹟事宜；經濟局推文化創意產業等。這些，和更多其他影響文化的政策，散落在政府各個部門裏，成為『雜碎』工作，以後大家要銜接、協作、統籌啊！例如，我們想年輕人不再污言無禮，這不是文化局多建圖書館便可以改善，要教育局積極謀策，才能產生『協同效應』。又如文化局叫市民追求生活的善美，卻看到一群私下鮮有參與文化藝術活動的高官；再者，如工務建設，雖然不是文化職責，但是，當看到缺乏美學觀念的行人天橋，那也很尷尬。所以，文化局不只是管理資金、場地和活動的機構，它的局長，要有游説和感染力量，去啟迪特首、高官、政府和市民追求文化素質；如他沒有個人能力和魅力去推動，而只是撥款『多做文化藝術』活動的慣常官員，那情況，便和現在的康文署差不多。看看南韓，他們明白文化藝術的力量，是一個民族的未來。1998 年，南韓正式提出『文化立國』的大方針，於是一步步做出影響全球的成績。穩建的經濟、持續的基建，固然是一個民族的硬實力，但優秀的教育、文化和藝術修養，才是一個優秀民族的軟實力。文化、歷史、哲學和藝術的灌輸，讓每個香港人有明辨思維、自省能力、美感教育和創新思維，社會得以和諧進步，也因為人們有了這些『非物質』的力量，中國和民族才會領先！」

我極感興趣：「現在構思中的文化局要兼管『旅遊』和『體育』，你有何想法？」局長說：「政府的局和署，許多時候，像眾多 silos，『有分工』，但『未必合作』。現在，這個局長要管三個 silos，他必須超越『做好呢份工』的局限，要像一個傳教士，天天感化，喚起整個政府和社會大眾一起清除積習，共同攜手，人人交出一點點，在工作和人生上，戒除『量化為本』、『物質至上』的陋習，決心追求更高的精神層次。」

我深呼吸，問：「局長，那甚麼是『文化』？」他像老師：「文化，大致可分為三個類別：生活文化（culture of everyday living）、精神文化（spiritual or metaphysical yearnings）和高雅文化（arts or high culture）。生活文化，便是由人們日常生活所產生的文化，是集體行為的表徵，生活習慣如茶道；休閒活動如種花或下棋，都是社會文化。這些香港文化如得到支持，會變得愈精緻、愈有特色，愈有『非物質的價值』。有生活文化的香港市民，更懂得快樂的真諦。」

「第二類是精神文化。人類除了物質，例如衣、食、住、行外，在非物質的『精神層面』上，有所渴求；大概可分三類，第一，是意識形態，例如個人思想、信念等，『共享主義』，便是其一信念；第二，導人向善的宗教如佛教、道教、天主教等；第三，是俗稱的做人『三觀』：人生觀、價值觀、世界觀。社會要追求更高層次，大眾的思想『論證』，便不可缺少，例如甚麼是『成功』、『幸福』？活着又是甚麼的意義？許多探索，未必有答案，但是，在市民尋找答案的過程中，文化修為便會進步。這解釋為何有些社會，處處是銅臭的暴發戶；有些地方，卻見到充滿教養的謙謙君子。」

我感謝局長的解說，何局長微笑：「最後一類是高雅文化。社會文化，多是大眾文化（pop culture），但是，社會必須在精神層次上『向高尋』，如藝術便是高雅文化的尋求。大家不應取笑『高雅文化』，嘲諷為『無用』。哲學家、藝術家、作家們對人生和思想的高尚追求、對藝術和美學的深度解讀，可帶領香港人的靈魂提升。」

局長嘆息，長呼吸：「不過，社會太多『說了當做了』、『做了當成功』的表面功夫，把膚淺的表象文化『符號』視為文化炫耀，如觀賞名畫時最好襯高級美酒、住宅大堂要裝置媒體藝術，但這些作狀表徵只會叫社會更加膚淺！」我深深贊同：「文化不是『油炸』出來的，是『煨燉』，是多年反思和自善的結晶。不是擁有一套 Yohji Yamamoto、放數件黃花梨、聽聽 Pavarotti、看看法國電影，便可『冒』出來。」

我感觸：「以前，香港人在經濟上『錢！錢！錢！』；後來，在政治上，最流行是『鬥！』，只願望未來，香港人會追求『品！品！品！』。一個社會，經濟增長和良好政治環境，固然是基石，但是，以香港過去數十年來發生的事情為例，當人們有了財富，反而更失去靈魂、自私狂妄。一個有文化修養的香港人，會對人生、世界、天地萬物，有深度的看法，除了吃喝玩樂，追求人生另一種平衡的精神幸福。」局長甜笑：「所以，文化局切勿只是『文化場地活動和產業管理局』；局長和特首的工作，應承擔『技術官僚』以前未有的文化責任，『以身作則、春風化雨、移風易俗』，讓 700 萬香港人品德上『富』起來。當大家擁有沉澱得回來的優良 collective values（集體價值觀）後，文化便成為良好土壤，而社會精神生活的樹和花，才可以活之以久；不然，香港只是一個表面繁榮的城市，卻充滿深層次的粗俗和缺德，而單是設計職權分局，絕不可以解決香港社會的歪斜。整個社會和政府要一起努力追求『心』的昇華，才可以孕育出高質的香港人！」我回應：「教育也極為重要，『德智體群美』的五育目標，常被某些港人蔑視和忽略；近年，學者更加上『靈育』，即精神提升。」

我揮別前，問局長：「談了文化，有空，可和我談藝術？」他調皮：「先回家和太太吃飯，再說。」

明白的，吃飯只是活動，如果沒有「心」的改變，吃一千頓飯，也不是家庭幸福；家庭所以有意義，是因為志平局長和太太有了愛的土壤。如香港設立文化局，但沒有針對底層土壤的改良，也只算是「文化活動」局。

但願，文化，如潔淨的一場白雪，清洗香港人「有錢就大晒」及「我鍾意呀，吹咩」的兩大陋習；把香港提升為有品德的國際文化大都會，不僅是我們的光榮，也為中華民族在追尋「非物質成就」的使命上，作出貢獻。

方力申：兄弟

男人看男人，和女人看男人，不一樣的。

在「陰強陽弱」的香港，女人愛「脂粉男」、「小鮮肉」；男人，卻喜歡不打不相識的好兄弟，要 man、不婆媽、可信賴；特別是一起運動的「死黨」，體驗「奧林匹克體育精神」：互相理解、友誼長存、團結一致、公平競爭。方力申便是這樣的一個男人，兄弟們喜歡的一個「巴打」。

方力申（Alex Fong），又被稱「飛魚王子」，在 St. Joseph's College 唸中學。2000 年，他代表香港參加悉尼奧運，創下 200 米背泳及 400 米個人混合四式的香港紀錄，21 年後，才被年輕小子打破，Alex 激動：「我好開心，香港有新人輩出！運動員的成就，都是血和汗換來的，我們能夠出人頭地，是所有香港人的光榮。今年何詩蓓在東京奧運取得歷史上第一面游泳銀牌，我在鏡頭前哭了，是為運動員們感動！」

我問：「2019 年，你用了約 10 小時 43 分，以快速自由泳環繞香港島一圈，完成 45 公里海游，比陸上全馬的 42.195 公里還要長；『陸馬』已不容易，你更要在水裏爬動，打破前人的紀錄，又為了甚麼？」Alex 專業地：「當然為了慈善籌款，第二，為了挑戰自己的鬥志，海泳受到天氣影響，日曬雨淋、海浪撞擊、視線受擋，還會脫水、中暑、反胃、嘔吐。雖然退役十多年了，我希望喚起更多香港人，和我一樣，仍有一份鬥志！」我說：「這也是水滴石穿的毅力！」

方力申真人比上鏡更英俊，好一位「金童子」，說話溫文、清晰、大方，語氣像二十來歲，充滿正能量。很多藝人喜歡慣性遲到，他早 15 分鐘，端正的坐好，因為要拍照，我叫他弄頭髮、化好妝，他自己花費，一一照做，每寸頭髮都小心扭過。而且拿了衣服來更換，訪問在 The Helena May，沒有更衣室，只有共用的洗手間，他二話不說，自己拿起白 T-shirt，走到廁所，不麻煩，不做作。Alex 點了一盆點心，給大家分享，但他吃得很少，看得出只是照顧大家。

香港八十年代至今的體育專家陳尚來（Owen Chan），剛剛跟 Alex 在東京奧運一起做報道工作，他對方力申拍掌叫好：「Alex 15 歲時，我已認識他，又乖又禮貌，紀律以嚴，盛載『永不放棄』的男兒氣概。你知道嗎？我們是普通工作人員，只住 2 星級酒店，Alex 可以住更好的酒店，但是他推掉了，說：『為了工作方便，我和大家住同一幢酒店吧！』日間，他和大家不分彼此，肩負採訪工作，幫忙搬抬攝影器材；晚上，和我們一起吃杯麵，在酒店的走廊『吹水』，哈哈，還被管理員驅趕！」

方力申唸書和游泳的少年時，已經被影視圈看中，為「香港電台」拍攝電視劇，離開 St. Joseph's College 後，他去了美國費城的 Germantown Academy 唸書，那裏的學術成績和游泳訓練都有名，但金牌藝人經理人 Paco（黃柏高）深信 Alex 是可造之材，極力說服他回港發展演藝事業；剛巧，香港大學取錄了小方，唸會計及金融。Alex 看似困窘：「我父母聽到我要做『明星』，緊張得天翻地覆，首先，他們覺得娛樂圈是『大染缸』，怕我學壞，

Academy

此外，他們因為命運崎嶇，未能讀大學，很想我和弟弟好好唸書（方力申的爺爺、爸爸和弟弟方圓明，都是泳將，弟弟現為律師，在國際事務所工作）。」

Alex告訴他們：「回香港發展和就讀港大，可以『體育、大學、藝人』三線進攻，不是很理想嗎？不過，告訴你一個人隱事，其實，當時我考慮到自己的身高、體型、手腳等外限因素，擔心在泳界的進步，已到了一個臨界，如是這樣，不如『換跑道』，轉向娛樂圈成長。」

我尋釁：「為何不跟爸爸學做藝術買賣？」Alex的父親方毓仁，是我們藝術圈的名人，他本身是畫家及畫廊老闆，籍貫雲南大理（許多人以為方力申為北京人，其實他媽媽才是），外貌有『型』瀟灑。方老代理已故大師吳冠中的畫作，三十多年前，才數萬元一幅，聽說吳的油畫《周莊》在2016年拍賣以二億多元的天價成交。Alex裝作生氣：「當藝術是一門生意，你要『有買有賣』才可以生活，畫廊已經賣掉的畫，何來賺數億元呀？」我黑色幽默：「唉，那你介紹父親的客人給我認識好了！」

Alex很會談天，像搓乒乓球。我開玩笑：「你一定對娛樂記者，『甜』得很！」他百般滋味：「我們是閒聊，才有話題，但是，得承認自己不強於應對傳媒，他們會直接問：『有沒有「料」要報？自己說吧！』或是叫我談及另一個藝人的新聞，雖然身為藝人，但我對娛樂消息不太關心，突然要comment，哈，不知所措！在這演藝圈，沒有話題，不易引起別人關注，只好繼續學習吧！」

我關心：「做藝人是很被動的，要等工作掉下來；你未來的路，如何走下去？」他想想，也想不出來，淺笑：「也許如做運動員一般，健健康康，正正常常，做好今天，才有明天；而明天，恐怕是今天的路所走出來的。」

唉，香港虧欠了如方力申這般正派的「優質」藝人，應該讓他大紅大紫。他開玩笑：「我正派？我拍葉念琛導演的電影時，內容不是濫交，便是拋棄女友，但當時這些題材有票房。許多人以為我就是這類人，有沒有漂白水可給我『洗底』？」

我尊敬摯友 Ophelia 姐姐在生的時候（她是張國榮的好姐姐），說過：「我環顧今天，找一個藝人，他的一舉一動，有着我弟弟的『官仔』氣質的，恐怕是方力申，他斯文、有學識、笑容可掬，長輩都喜歡這種風度。」十多年前，民政事務局在油麻地榕樹頭搞了一個露天音樂會，邀請了 Alex，晚上，天氣酷熱，揮汗如雨，他站着兩個多小時等候演出，沒有怨言，工作人員說：「這才是真正的『教養』！」

我打哈哈：「Alex，你是『好老公』類別，應該很多人找你『相親』吧！」是這樣的，和 Alex 同期的歌影雙棲藝人有謝霆鋒、林峯和關楚耀，他們去了內地「搵食」。感覺來說，性感的謝霆鋒是「男朋友」型號，林峯是「男朋友加上老公」的目標，壞壞的關楚耀是「casual date」的對象。Alex 解釋：「我有往內地工作，但是，仍以香港為家，因為我愛隨時看到父母的溫馨感覺，那感覺讓我『完整』。如要『全情』發展，最好移居內地，天天在那裏碰機會，但我想以香港家庭為重，故仍在思量中。」

這時，坐在身旁的 Owen 插嘴：「我知你想說甚麼，Alex 是『好老公』的典型！」我笑：「『好老公』比其他三類演員吃虧！」Alex 立刻扮鬼臉，給 Owen 拍照，嘗試「亦正亦邪」吧，看來像個「baby man」。

Owen 說：「不知道為甚麼，運動員是好老公，但是當演員，好像都很艱難。歷史上，有六十年代的雷煥璇，七十年代的葉尚華和何容興，八、九十年代有張國強、鄧浩光、鄭浩南，都發展平平。」我嘗試理解：「首先，觀眾先入為主，脫不掉對『運動員』的有色眼鏡，覺得演戲只是他們的副業。」Owen 接着：「也許運動員一般都正派，未敢演得太壞，破壞形象。」我再猜：「運動員嚴守紀律，同時習慣控制情緒，因為比賽時，情緒一失控，便陣腳大亂，很難奪標。有一位名演員曾經告訴我：『心理太平衡、情緒太穩定的話，不易應付演員要突然爆發情感的需要！』」這觀點很奇怪，方力申坐得規矩，在思考。

突然，Alex 自首：「我一直喜歡演戲，內心裏，體育和演戲同樣重要，也許以前我比較被動，此後，我要為『運動員』打破你說的常規！」

運動員，追求體能爆發，在比賽勝出那一剎那的光輝；演員，卻要把內心的激情不斷燃燒，照亮每一部電影。前者是火炬，後者是蠟燭，兩者都同樣短暫而浪漫。

不過，我等平凡人，只是地上的灰燼，隨風繚繞，傷心人別有懷抱，膽顫心驚。一個運動員當演員，起碼賺了兩個美麗世界。我們過着單調的日子，從來，沒有屬於自己的舞台……

龍貫天：七優

許多年輕人說：「我愛香港文化！」語畢，撲看韓國 BTS 和 Blackpink ！

身為一員，卻不擁護自己的文化，香港只是生活的地方。

日本的年輕人，尊崇以舞蹈為主的「能劇」。韓國的年輕人，尊崇歌手和鼓手互動的「盤索里」。泰國的年輕人，尊崇面具宮廷舞叫「孔劇」。越南的年輕人，尊崇在水池上演的「水木偶戲」；我在河內想開眼界，但場場爆滿。

問年輕人，為何出世至今，未看過粵劇，他們直翻白眼：「大戲，老老土土、嘈喧巴閉！」我問：「rock concert 不吵嗎？」只怪他們的父母，沒有好好教化子女：2009 年，我們的粵劇獲聯合國肯定，列入人類「非物質文化遺產」。早於 1867 年的香港，位於上環普慶坊，有第一間粵劇戲院，叫「同慶戲園」。五十年代，香港差不多各區都有粵劇戲院。

香港的粵劇名伶龍貫天（本名司徒旭，我叫他「旭哥」），愛助人，受尊敬，1986 年毅然放棄銀行工作，投身做生角，2021 年，獲「藝術家年獎」的榮譽；他是目前紅爆的大老倌，他的創新作品《毛澤東》、《粵劇特朗普》、《共和三夢》，場場滿座，他演特朗普一事，世界媒體都報道，因為特朗普、外星人、金正恩，會大唱粵曲。

旭哥說：「數百齣的粵劇，有好看和不好看的，正如荷里活電影，大家起碼挑些好的來看，豐富自己！」

我告訴旭哥一個笑話：「不是每個人都喜歡『魚生』，但是，要吃嘛，便原汁原味，不能要求煮熟『魚生』，迎合自己；那才是我們對香港文化正確的尊重。」

如果每個人都支持香港的文化寶藏——粵劇，每場大戲坐 1,000 人，800 萬人的城市，便足夠演 8000 場，維時二十二年。

問旭哥：「起源上溯至明朝的粵劇，吸引之處，是甚麼？」他外表高大威猛，説話爾雅有禮，博學多聞。和中環人一樣，他喜歡光顧潮流酒吧。旭哥答：「首先，粵劇的鑼鼓，有別於其他戲曲。粵劇以前在露天竹棚演出，戲班靠熱鬧鑼鼓聲吸引居民來觀看，故此，粵劇音樂以敲擊樂為重點，活潑響亮，就算樂隊的 conductor，也是由擊樂部的主管來擔當，他叫『掌板』。所以，來看粵劇，要抱着欣賞由板、鼓、鑼、鈸、碰鈴等組成的敲擊樂。」我説：「我就是喜歡粵劇的敲擊樂。人們常説大戲是『查篤撐』，便是形容它的聲響。旭哥，那粵劇『旋律』的組成樂器呢？」旭哥接着：「香港是文化混雜的城市，故大戲音樂是包容的，除了中國傳統的高胡、二弦、琵琶、笛子之外，還用了西方樂器如 violin、guitar 和 saxophone 等，叫『西樂部』，加強了 melody 的質感！你聽聽任劍輝和白雪仙的名曲《香夭》，便感受到那合璧！」

旭哥請我喝「五加皮 cocktail」；我盡杯：「粵劇好玩，它可算是 jazz ！」他點頭：「粵劇有兩大風格：內地的，傾向西洋歌劇的嚴格，一板一眼，要符合劇本和唱譜；香港的，則服務觀眾的情緒，緊貼大家的反應，彈性地處理演奏方式。我們的伴奏樂

隊叫『拍和』，他們要和演員互動，根據表演者的快慢高低，以擊樂引導、烘托歌唱和動作節奏，尤其強調『靈活即興』，是一種精彩的free style！」我和應:「我看粵劇，常覺得多了一個演員，那便是鬼馬多端的『掌板』，樂隊不只是『奏』，而是在『演』，用音樂和紅伶互動，很『high』的。」

我問旭哥：「粵劇是香港本土『musical』，你同意嗎？」他笑：「哈，粵劇可以像音樂劇，因它透過演員的四種基本方式：唱（sing）、做（act）、唸即具有音樂感的唸白（其中玩節拍的『數白欖』，簡直是西方的 rap）、打（acrobatics）；加上有詩意的舞台佈景，訴説了古代的動人故事。」我好奇：「傳統的粵劇，沒有舞蹈？」旭哥答：「傳統上，『做』是演戲，已包括舞蹈化的形體動作，又稱『身段』，例如手勢、台步、水髮（舞動頭髮）等，後來，粵劇出現群體舞蹈場面，如《十二欄杆十二釵》，『舞』，成了一派！」

我望着窗外的一對小情侶，説：「喜歡 romantic 故事的熱戀男女，必定要看粵劇？」旭哥開懷：「粵劇多是古代『才子佳人』的戀愛：當有才華的男人，遇到美麗的女子，纏纏綿綿，多麼浪漫呀！」我開玩笑：「一見鍾情、海誓山盟、化蝶雙飛。」旭哥接着：「在天願作比翼鳥，在地願為連理枝。天涯海角有窮時，只有相思無盡處。」

我捉到鹿，當然脱角。我笑：「旭哥，那些想學好中文，但拿起書本卻又會睡覺的學生，應該去北角新光戲院、土瓜灣高山劇場、油麻地戲院，買張票，看粵劇吧；離開戲院，吸收了中國文學的詩、詞、歌、賦，還有 allusions（典故）。」旭哥解釋：「有些粵劇，用了文言文，但是，更多的是內容淺白的。有些劇團，會輔以中英文字幕，花數小時看一齣粵劇，中文便進步；身為中國人，要學好民族的語言。」

想到粵劇的另一好處：「做爸爸媽媽的，更要帶子女看粵劇！」旭哥拍掌：「許多粵劇來自古代故事，含道德、倫理、朋友之義。

常見的主旨，便是『好人有好報，惡人有惡報』。例如《寶蓮燈》，講孝子沉香，經艱歷苦，救出被囚禁在蓮花峰的母親，歌頌對父母的『孝道』。又例如《對花鞋》，講一位正義的官員，發覺一宗殺人棄屍的命案，事有蹺蹊，當小情侶疑犯快要被處斬，他堅持翻案，最後，沉冤得雪。粵劇不單是表演藝術，它還教導忠義仁愛的道德觀。」我感動：「我公公婆婆那輩，沒有讀書，他們都是看粵劇長大的，堅持做『好人』，他們的教訓，如『救人一命，勝造七級浮屠』、『得人恩果千年記』、『來而不往非禮也』等，都是被大戲唸白所耳濡目染。在香港，狗狗比人禮貌，並不稀見。大家看粵劇，可改善修養。」

成年人的世界，是岸邊的灰岩，而粵劇，是一個七彩的玫瑰園。

旭哥解釋：「早期的粵劇，模仿京劇的衣冠式樣，後來，在五十年代，粵劇圈的競爭劇烈，大家各出奇謀，爭取觀眾，於是，戲裝會用上鮮麗的顏色，加上閃亮的膠片和珠筒，有些更裝上電燈泡，爭妍鬥麗；而美麗的刺繡和特別的戲服，如蟒、靠、褶子、帔等，更競心思。」我笑道：「我常抱着看古代 fashion show 的心情看粵劇，自己也想換上一件小生的戲服，拍張紀念的照片！」旭哥説：「粵劇化妝也很好玩，有獨特的意思，例如，丑角常有一個大白點在臉的中央，而紅色代表忠勇、黃色代表勇悍的等，很有趣的！」

我點頭：「粵劇是香港人的驕傲、研究不盡的學問。當有外國朋友來香港，我會帶他們去看大戲，班門弄斧解説一番，他們都眉飛色舞，感謝我送上一個難忘的回憶。」

我八卦，問旭哥：「你年輕時在銀行工作，為何膽大生毛，轉行去粵劇冒險？」他回憶甜美過去：「我在深水埗蘇屋邨長大，14 歲的時候，爸爸走了，媽媽在印刷廠做管理，撫養我和弟妹，幸好有一個好舅父，常常幫助我們。媽媽帶我們去東京街的新舞台看大戲，我便愛上了粵劇。本來，從窩打老道信義中學畢業後，打算去外國唸大學，但我是老大，還是留下來賺錢，減輕母親的負擔。我本在華人銀行工作，在 1978 年，決定參加粵劇社學戲；幸運地，可以向名編劇蘇翁、葉紹德學習，更得到名師劉洵、任大勳、『豬大腸』（朱毅剛）的指導，後來還有名伶任冰兒、南紅、南鳳的教誨。」

「我是幸運的，出道時，有一批粵劇大師仍然在世，他們不為報酬，無私地指引我，為的是把香港的藝術傳承下去。此外，有一批頂級的大老倌，仍然演出，如梁醒波、新馬仔、吳君麗、麥炳榮、鳳凰女等，可觀摩吸收。還有八十年代，內地剛開放，國家級的戲曲名家都來香港訪問，例如梅葆玖，便曾在新光戲院演出。今天的新人，已經看不到 A++ 級別的表演，如失傳了的『古老排場』，已無人能演。」

「我是 1986 年正式放棄文職，全身投入，做一個粵劇藝術工作者；當時，一年加起來，只有數個月有工作，如果不是熱愛粵劇，恐怕早已捱不下去！」

我問旭哥，粵劇未來的路如何走下去？他語重心長：「行內要努力，精益求精，進行一些合理的更新，不能讓外面的人，覺得我們不思進取。而普羅大眾，面對粵劇這門深奧的藝術，也不要離棄我們；一年起碼去看一次粵劇，鼓勵我們；業界能存活，便有機會延續粵劇這百年的香港文化光輝！」

最後，我問：「你有沒有留意流行曲？」旭哥笑：「如《獅子山下》、《*Somewhere in Time*》啦！」

和龍貫天大哥分了手，衝動起來，跑去創立於 1963 年的華豐國貨，買了一套唐裝衫褲，我未必經常穿，但是，在想：「反正，許多消費都是浪費的，何不買一套唐裝，讓它不會消失在香港？」

香港文化的美麗，不是它不想停留下來，陪伴世世代代；只是我們絕情負義，一生人，從沒有關心過它。文化和藝術，在祭壇上晃了晃，掉倒在地上，此後，香港人又碎了一件永不還原的寶物。

麥雅端：Chocolate Rain

創業，有機會虧錢，若抱薪救火，愈虧愈多，樂觀的人説：「破財消災！」我的友人説：「前天掉了 500 元，整個晚上不好過。」你又是怎樣的人？

廣東話是最活潑的語言，有一個形容詞叫「啜核」，即「準確加上過癮」的混合意思；出現這形容詞，是因為廣東人説話坦白，例如香港人形容一個以卡通肖像為主打的設計師，通稱「畫公仔」，血淋淋的直率，也許，世界級的奈良美智和 Kaws 都算「公仔佬」。

為了尊重「畫公仔」的創作人，於是，在描述他們的時候，常用上一大串字眼「illustrator、figure designer、cartoonist」（插畫師、肖像設計師、卡通師等等），名稱帶點狼狽，好像他們「周身刀，無張利」。

香港在 2000 年上下，出現了三個美女「公仔師」，她們知名度高、各領風騷：Carrie Chau 的「black sheep」（黑羊仔）、b.wing 的 A 仔（A Boy）和今次聊天的 Prudence Mak（麥雅端），她的「Chocolate Rain」（朱古力雨女孩），紅了十多年。説話像老師的 Prudence，談如何創業、守業、轉型；血淚江河。

我回想：約 2003 年，我為成報訪問剛起步的 Carrie Chau，地點在歌賦街的第一間「Homeless」店，她美麗動人；成報創立於 1939 年，2020 年被頒令清盤。大家都會老，以至消失。

Prudence 是開心果，高大（只有她的意大利老公，可以匹配）、健談、坦白。她笑：「我家境清貧，家住赤柱全海景的馬坑木屋區，爺爺是清道夫，把別人不要的東西撿回家，我們是第一代的 recycler，姑姑和媽媽教我用衣車，把舊衣服、碎布變成新衣裳和玩具。從小，我愛美術，雖然爸爸反對我以它為生，但我堅持去加拿大唸 fine art；他外嚴內慈，有一天，他和我說：『這裏有點錢，你去唸吧，但是，不夠用也自己想辦法！』我在 Alberta 以半工讀方式，完成了大學課程。但在加拿大，華人藝術家的空間不大，在 1999 年，我回來香港。2000 年，艱苦創業，成立了我的『公仔品牌』叫 Chocolate Rain，售賣它的引申貨品如衣服、玩具、咕啞。」

Prudence 吸一口氣：「日子不容易！當時，尖沙咀流行『劏舖』商場，每個店舖只有數十呎，我由朝到晚，甚至睡覺，都在小舖內，蛇蟲鼠蟻，都是我的朋友。洗澡，便去健身室或公廁，冬天也是這樣，這段日子，維持了 3 年。」

我拍拍她的手：「毛孔在顫了呢！」

Prudence 樂觀得很：「在 2004 年，我覺得九龍區的『氣場』都給我消化了，不如轉去香港島試試，當時，夜生活區 Soho 剛起步，租金便宜，我租了卑利街一家小店，同樣地，『吃喝瞓拉』都在那裏，因為 Soho 多外國人遊客，竟然有 Spain、France 客人找我訂做貨品。」

我問：「成名了？」Prudence 搖動食指：「人，還得靠幸運；我的成名，始於 2009 年銅鑼灣 Times Square（時代廣場）的一次公開展覽：他們找我展出 Chocolate Rain，我説：『本人沒有工場，可否給我一間房，製作展品？』結果 Times Square 給我躲在一間密封的房間，個半月內足不出戶，完成作品，哈，沒有死去！」

我在想：原來上天給 Prudence 強壯的身體，是有原因的。

我問：「Chocolate Rain 代表甚麼？」她像小朋友般說：「這孩童充滿幻想，走入一段又一段的奇妙旅程，她釋放正能量，擁有無窮的創造力。我堅持『手做』作品，很多東西，一針一線，親手縫上我的『靈魂』。」

我如獲知己：「對呀，到了今天，我堅持文章用『手寫』，當看到手汗和筆墨溶於紙上，那份生命力，猶如誕下嬰兒一樣。」

Prudence 說：「那段日子是我生命高潮，跟着，我得了獎學金，毅然放棄一切，飛往倫敦唸世界級 Central Saint Martins 的碩士學位。」

我問：「回港後，做你的事業『收割機』？」Prudence 掩嘴大笑：「好事拍門，壞事便閃入。在雄心壯志的 2014 年，我去文創中心 PMQ 租了很大地方，要創立一家頂級的店，還有餐廳呢，結果，沒有好好計算，虧蝕了數百萬元離場。」我同情：「不用怪責自己，世事難料！」她用微笑回應：「香港人叫『錯誤』做『學費』，很對的，犯了錯，但學曉很多東西，如果十年才錯一次，是 ok 的，哈哈，如果年年都錯，就應該自責。」我托頭思考：「唔，除了肥胖問題吧……」

Prudence 接着：「做人，如 Chocolate Rain 面對的，是一段又一段的奇妙旅程；今天，商業的創作，我做了太多，再下去，面對更多限制，想換換階段，仍在摸索做甚麼？我為天地圖書作書，又從設計走回藝術創作，我繪畫，尋回自己，如『一日蟲』蜉蝣，在短促生命裏，想找到轉瞬而不逝的東西。」我又來了：「脂肪，脂肪是不逝的。」

我認真：「『轉型』不容易的，從舊到新的過渡期，要『一身二用』，累透，然後，忖量新的風格更要『一心二用』，交瘁。」Prudence 同意：「最怕是舊的客人走掉，新的又不來。」我戲謔：「故此，皇者如張學友和周杰倫，也只能擁抱舊江山。」

我想知道答案：「那如何突破呢？」Prudence 失笑：「我可指出方向，但是，也未敢說自己達到。」她吃了一口蛋糕：「要擁有個人風格，不同階段，有勇氣破舊立新，雖然效仿可以起步，引起別人關注，但是，偷別人的『老本』，外面會視你為 A 貨，偏見存在了，便很難改變別人對你的看法。」我點頭：「那些『梵高』向日葵，滿街都是！」

Prudence接着：「第二，找出創作觸動別人的是甚麼？」我問：「是甚麼？」她不假思索：「是故事，真實動人的故事，每個作品要訴說自己或別人的故事。永恆有價值的內容，會以直接或間接的方法，感動無限的心靈，像大湖一樣，深不見底。好的畫家很多，為甚麼大家愛談梵高，是因為他有一個命運的故事。作品沒有故事，是沉悶的。」我想到：「但是，不能揑造，是發掘故事。」Prudence 舉例：「如《叮噹》（或叫《多啦 A 夢》），我很喜歡，它內藏豐富的故事。」

我嘆一口氣：「說來說去，好的作品要有 message ！」Prudence 點頭：「信息來自思考。如果天生不是智者，便要進入大學，老師會引導學生去思考；當然，年少氣盛時會反叛，持不同的想法，但是，輾轉反芻後，得益的是自己。我在倫敦的求學時期，人已長大了，有固定思想，可是，老師挑戰我的既有看法，這種不安，讓我日復一日，把自己關在圖書館裏，尋找答案，過程非常孤單。但是，得到意外的收穫，成年人竟然可再度『發育』。香港人太多『騰嚟騰去』、『打手打腳』，沒有清淨的時間，去沉澱自己對事情的準確看法。」

Prudence 感喟：「以上事情，都需要 discipline（紀律）來執行，有一本書，叫《Atomic Habits》，分析個中道理：每天細水長流，做一點點，比一曝十寒見效，肉身的『內境』要有鬥志，像我，就算天天多累，下班也要強迫自己繪畫五、六小時。日積月累的改變，比『爆炸性』的作用，長久耐用很多。一個是打類固醇，一個是真正運動。」

我說：「創作人大多是自僱人士，好像經營一門小生意。」Prudence 嘻哈起來：「對！管理、財務、生意推廣，甚麼都『一腳踢』，腳趾腫脹如乒乓球，也要踢下去。」我搖頭：「找一份朝九晚五的工作，多舒服！」她和我鬥嘴：「死得甘心嗎？」

生命太短，沒有時間弄來一個長篇故事；蜉蝣壽命很少超過一天，但牠每個分秒，追求甚麼呢？我們都為生存而掙扎，留多少時間給親人？給自己？來如春夢，幾多時；去似朝雲，無覓處。

鄧鉅榮：合一

香港頂級攝影師 Ringo 活了 60 年，眩極，但他淡然道：「攝人是見眾生，被攝是見自己。攝影和人生，信手拈來，點到即止。」

每覺醒來的清晨，來一幅自拍照，照片的你，可是自己？

作家黃庭桄的文章，從平凡的生活，找出趣味。他寫演員梁朝偉，梁説：「不想見的人便少見，你不能總是依靠別人，才獲得快樂，沒錯吧？」

和好玩的 Ringo Tang（鄧鉅榮）聊天，他説：「我的一生，便是做自己的事情，只要喜歡，總找到一碗飯；而人們『上鏡』的最美麗時刻，也是做回自己！」

我曾經歷過「做別人眼中自己」的階段，但是，年齡的增長使人產生勇氣；當我們有了閱歷，對或不對、喜歡不喜歡，自己總有角度，別人的意見，只作參考，其他的，做回自己好了！

做回自己，倒要勇敢面對兩件事：生活也許「白菜煮豆腐」，一清二白，不討好別人，別人不找你，機會少了，荷包縮水了。另一件事是朋友圈「老鼠尾生瘡」，大極都有限，因為志不同，不相為友。

30 歲以前，受朋輩影響，是合理的；別人説：「你很酷！」你真的酷？「你很對！」你真的對？30 歲以後，沒有「自知之明」的人，要自責。

Ringo 説：「攝影涉及的狀態有三種：你想別人如何看你？

而現實上，別人又是如何看你？自己實際本質又是甚麼？」他開玩笑：「例如，你本質是活潑可愛，但是，倒希望別人把你看作嫻靜的淑女，可惜現實中，別人看不起你，覺得你是個三八！」

Ringo 解釋：「人生中，常見的矛盾亦來自這三種狀態的差別：你如何認識自己？你想別人如何看自己？實際上，別人又是如何看你？三者如能『三神合一』，全面地『真實』自己，便是真正的人生！」

他花了多年時間，不急不忙地在弄一件「小玩意」，項目叫《如去：如來》，他找不同人物，對着鏡頭，「可歌可泣」，訴說生活經歷；日後，會用來展覽及出版，作為香港時代的印記。

Ringo 小巧精悍，肉肉的，利落短髮，常常戴上 Elton John 的有型眼鏡，穿上黑色闊袍大袖的衣服，像陀螺般在 studio 走來走去，他的工作室，東西七零八落，但亂中有序，像花卉在眾生裏，找到存在價值。

我問：「你如何活過昨天？」他吸了口氣，尋找過去：「中學時，即七十年代，爸爸有一部可拍『疊焦』相片的 YASHICA，我便參加了攝影學會，嘩，大受女同學歡迎，找我『留倩影』，成就感讓我愛上了攝影。畢業後，找到一份在地盤做測量的工作，每天下班，我到灣仔一家私校 Fotocine School of Photography 學習攝影，當老師需要幫忙，我便當助理，突然，高志強老師找我：『商務印書館想出一本「北京故宮」的攝影集，可以在紫禁城內逗留一個月，你跟我來嗎？』那是 1980 年，內地剛開放，能夠在故宮出入自如，太興奮了，我立刻辭職，跟老師『躲藏』在故宮工作，靈魂回到清代。」我眨眼：「早點認識你便好，帶我一起去！」

Ringo 繼續：「回港後，我當了高老師兩年的助手，在 1983 年，成立自己的攝影工作室，快 40 年了。商業攝影，是為了生活，但我喜歡接觸文化歷史的工作，在九十年代，我去了始建於約 1,700 年前的陝西省法門寺，他們讓我進入地下室一個星期，研究和拍攝那裏的文物，太精彩！」

他跟我說：「八十年代，是香港歷史的文化黃金期，廣告商開始有要求，攝影要專業；而現代美學由《號外》雜誌帶動，唯美派受到尊重。我拍了林憶蓮、劉嘉玲等《號外》的封面；你可以説，開始『走紅』吧。」

我問 Ringo：「我們常常要拍照，怎樣才好看？」他伸出一隻手指：「老實面對自己、接受好和不好的自己、忠於真實的自己；『非人工化』，便是美。如你想刻意製造一種形象，那便要經常照鏡，練習你追求的眼神、表情、化妝、以至手勢，但那是裝虛作假。」我笑：「訪問完畢，可以指導我性感豪邁的表情嗎？」

我問：「容易裝嗎？」Ringo 搖頭：「不容易，我們一看，便知道誰在演戲，特別是走路的姿勢，最容易『露底』；哈哈，賤男扮不了紳士。我記得有一次為作家董橋拍照，叫他雙手輕輕放在前面，那份文人的爾雅，立刻跑出來。」我同意：「淑女的坐姿，不會刻意顯露大腿的曲線；紀律部隊不用裝，已挺直脊椎，神態凜然。」

我好奇：「香港的攝影美學標準，有沒有改變？」Ringo 點頭：「有！以往，是很 formalistic 的，循規蹈矩，如 art college 所教授的，我們很執着『技巧論』，如器材、光圈、快門、曝光、沖曬等，都有『對』或『不對』的學問；今天，是『目的論』，你的相片要表達甚麼故事？帶出甚麼感覺？電腦擁有驚人力量，如拍攝效果、形象重組，都可以『執』出來，因此，重點不在於『對』或『不對』，而是『好』或『不好』、『動人』或『不動人』。現在流行的所謂『日系攝影』，照片追求恬淡平和、自然寫意，便是新趨勢。我自己很包容，過光、過暗、out of focus 失焦、事物『半邊身』，我都接受；『菩提本無樹』，相片能觸動人心，便是好攝影。」

我望望他：「你還有追求？」Ringo 摸着相機鏡頭：「有，那便是景物的『靈魂』本質，這是很抽象的，我也説得不好，例如一杯清水的本質是甚麼？一片樹葉的本質是甚麼？如果單是通過相機，『搬物過機』拍出來的東西，絕不是它的本質，我覺得東西隱藏了『靈魂』，要加上攝影師悟性的互動，通過自己 re-interpretation，視像的力量，才出現它的本質；是故，要拍一張椅，可以拍它的影子、近鏡、椅背，或把它放在大樹下，當中，在表達一種哲學觀點，這樣的攝影家，才是大師！」

我問：「有沒有意見給年輕人？」Ringo 説：「攝影是 the way of seeing things，反映了 the way of thinking；如商業工作，當然跟隨大眾的 the way of seeing，例如拍攝時尚衣飾，自然要展示它不凡的感覺；但如你希望細訴自己的 the way of seeing，則不要模仿別人，那不是你的角度和東西的靈魂本質，那是別人的，我們珍惜的新人，可表達個人主觀的想法，那才是有價值的。」

我代別人問：「大師，如何用手機拍到好的照片？」Ringo 大笑：「這是很矛盾的問題：手機本身是『傻瓜機』，它讓不懂得攝影的人去拍照，本不應講究技巧，手機拍出來照片的意義，是在某年某月某日曾經相聚，我們立照為憶。那緣份，才是手機照片的最美部份。而隨着手機的改良，不同年代的手機照片，已暗藏歲月的美麗留痕，例如你和走了爸媽的合照，回頭看，永世最美！你還記得十多年前的手機照片嗎？那低解像度的感覺，已流逝無蹤，唉，正如寶麗來（Polaroid）的『即影即有』舊照，不是拙，是美！」我傷感：「想起一首歌，叫《*Photographs & Memories*》。」

我抬頭：「攝影有所謂『香港風格』嗎？」Ringo 答：「現在的技巧，是世界性的；但是攝影內容，包藏一個地方的人、衣着、行為、光線、空氣、建築、物件，那卻是獨一無二的，這便是『香港風格』。今天，就算你去廣東省找到舊的騎樓建築，也不是我們香港六十年代的味道。香港風格，就是呈現一個迷人的香港，這方面，我很佩服王家衛的。」

我調皮地：「有沒有 Ringo Tang 風格？」他大叫：「萬萬不要！攝影師的專業，是一種宗教的修行。當我們太懂技術、太曉得運用電腦科技，往往無止境地修飾一幅攝影作品，retouch 又 retouch，結果，像一團白泥，愈搓愈走樣，距離真善美反更遠。我相信八個字『信手拈來，點到即止』，去到某個境界，甘於簡單，才是最大道行。」我又來了：「希望美女明白後，無謂再人工加添！」

鄧鉅榮作為攝影大師，他的修行，如佛學所説：淨心守志、垢去明存、斷欲無求、一葉一如來。而我，還是處於低層次的修行，只能「未成佛果，先結善緣」：多交如 Ringo 般有水準的朋友，指點人生，走過忽明忽暗的道路……

入睡前，你孤單，來一張 selfie ？

焦媛：「氣」飯

盼星星，盼月亮，盼見有性格的人。

人情債，漫山遍野，下世如何償清；每次訪問，得到朋友真誠的表白，難以報答；感謝 Perry，暗香飄送。

「愛屋及烏」的相反詞，為「殃及池魚」。香港演藝史最大的「竇娥冤」發生在焦媛（Perry）身上，二十多年來，六月飛霜。

對與錯的事情，旁人不得「齙牙聳舩」；但四件事情，隔窗來看，畫出了焦媛半生。這香港舞台的一級女演員：年輕時，愛上了比她大近 20 年的名導演高志森；而且她紅得太早和太快；但為人極低調，缺乏宣傳；今天的她，和高導分開了，隻身走我路。

焦媛，帶了一本喜歡的書，拿出來隨時翻的；她外貌嫋嫋婷婷，聲音低沉、柔慢，像剛哭過，恭敬地叫我「李先生」；一面說，一面飄進閒愁，滿是迷惘。這女子執着，化妝和衣服一絲不苟，輕顰淺笑，禮貌的「女人味」把枱布亦滲透。

焦媛的名劇是《金鎖記》，她演愛恨交纏的曹七巧，許鞍華導演，我的世侄尹子維是男主角。《金鎖記》在香港和內地，演出場次數以百計，劇中的名句，彷彿描述焦媛：「隔着三十年的辛苦路往回看，再好的月色也不免帶點淒涼。」眼前的她，如黑白銀幕跑出來的六十年代女星，閨女秦萍和小野貓鍾情的混合體，氣若幽蘭，但是，不屬於這時代。

焦媛嘆了一聲：「從小到大，喜歡表演，尤其跳舞，鍾愛站台；

舞台下，卻不喜歡也不擅長交際，頗為自閉。沒有工作，便躲在家看書，此刻的夢想，是繼續努力，做一個優秀的藝術工作者。」

我說：「很多人誤會你，以為你認識了高導演以後，有了『後台』，工作不斷，旁若無人。」Perry 桃腮帶笑，如紅酒：「我和導演一起以後，他策劃了我的演藝事業，讓我專心工作，我很少和外人打交道，也樂意這『閒來無事，互不打擾』的生活。當時，高導演是我的伴侶，別人對他政見的反應，也許關聯到我，只能處之泰然，這便是相處之道，難道我出來張聲澄清：我和高先生有哪些不同看法？我是一個謹慎的普通人，對任何事情發言前，覺得必須充份理解，不管是社會大事，甚至評論別人。我沒有這本領，只好沉默。」

她伸伸脖子，開玩笑：「今天，我和高先生仍是朋友，但已是兩個『個體』；如圈內人想認識真正的本人，請找我合作，也許放下以往的成見。」

我點頭：「最近，看了你『自傳式』的獨演音樂劇《約定・香奈兒》，感動地嚇了一跳，你會不會太坦白了？你把半輩子的秘密訴說出來，甚至說有『戀父情意結』。」焦媛堅定地：「過去，面紗擋着我；今天，『赤條條』在觀眾面前暴露脆弱，我得到釋懷！我小名焦繼春，在北京出生，爸爸焦貴新是京劇演員，是我終生的偶像，媽媽是芭蕾舞者。約 1980 年，我 4 歲，他們帶着我和姐姐來到香港，家裏變得很窮，父母到工廠打工。一家四口，住在土瓜灣的破舊『劏房』，吃苦耐勞，爸爸從知識分子，變了赤貧的低下階層，『感時花濺淚』，但他堅持我要唸大學，做個好人。可惜，五十來歲的他，英年早逝，飲恨的。1993 年，我中六畢業後，進了香港演藝學院戲劇唸學士，跟着，得到恩師李銘森的提攜，再遇上高志森導演；二十來年來，一部又一部的作品，《少女夢》、《蝴蝶春情》、《阮玲玉》、《野玫瑰之戀》等。」

焦媛望上天花：「女人過了 40 歲，是黃金期，因我們有了自信和勇氣。」我同意：「談到香港舞台的『一姐』，大家常說蘇玉華、劉雅麗，卻忘記了焦媛，你內地有市場，如劇團忽略了你，是『走寶』。」

我問：「你在內地經常演出，觀眾是怎樣的？」她回盼：「香港生活緊張，觀眾找娛樂的居多；內地看話劇的，多是『文青』觀眾，他們看罷《金鎖記》，會即晚網上大談張愛玲、民國的社會、話劇的象徵主義等。」我失笑：「那份純真，是香港的 faded glory；我記得香港的七、八十年代，大家看完一部好電影，會大做文章，然後把洋洋數千字放入信封，落街，往郵局，舌頭舔郵票，把信寄去雜誌社。然後，每天心情忐忑不安，等候文章會否刊出、收到50元的稿費？那純樸的青春，嗅到生命的芬芳。」焦媛說：「我內斂的性格，暗藏剛烈，挺懷念青春的放任。還記得當年，去倫敦的 West End，一天跑看 3 場話劇，不覺半點累。」

我不好意思：「未來的日子，你又如何呢？」焦媛善解人意：「以往，高先生是一把大雨傘，我的所有事情，由他決定；未來，最重要是『接 jobs』，雖然有人說：『是金子的便會發光！』但是，我太『收埋、收埋』，想先開放自己，吹開細毛，尋找皮上斑點。我想在電視、電影、唱歌、跳舞、話劇各線嘗試，對，可發揮的工作便是。但如果香港的舞台市場依舊疲弱，縱然千般不捨，也得向內地的市場進發。前前後後，我在各大小城市，演出超過 200 場，重慶、哈爾濱、少數民族地方，都跑過；目前，我們不可能如 Broadway，駐留在一個城市『長演』。我們反而似一台 wagon，一路走呀走！就如在中國每一處地方搜集零星分佈的柴火，但由於山很大，各地的柴枝拾取了，便聚攏可觀。」我同意：「塵世裏，眾生，是灰的，傾向白的，叫淺灰；傾向黑的，叫深灰，有更大的環境，可以發揮，不要太計較！」

我好奇：「中國當代的三大文化城市，香港、上海、北京的口味如何？」焦媛分析力強：「香港人生活壓力大，想放鬆，『喜鬧劇』使大眾開懷大笑，比較受歡迎。北京是首都，嚴肅的讀書人多一點，他們喜歡有文學和哲學含金量的東西。上海人則愛美學或藝術濃一點的舞台作品。當然，這是我主觀的看法，未必準確。」謹慎，就是焦媛的性格。我問：「那地方好些？」她說：「凡買票支持，又給我意見改進的，都是好觀眾！」

我再問：「內地觀眾接受香港的『廣東話演出』嗎？」她想了一刻，鼓起勇氣：「最近，社會發生的事情，讓有些香港人失去信心，太悲觀了，我在內地逗留時間不短，告訴你，『香港特色』仍有吸引力，有識之士，還欣賞香港的舞台作品。香港業界，應先打開大灣區數千萬人的市場，再打通全國。不喜歡『港劇』的人，不能勉強，但喜歡的，會告訴我：『香港的話劇節奏快、時代感強、對觀眾的喜好反應敏感；而且，粵語的聲調有九個，聽起來，有音樂味道』。」

焦媛和我合照後，增補一點：「但打開別人市場，作出適量調整，也是合理的，所以，對於 crossover，可視為藝術新探討。例如我在上海話劇中心，演出《蝴蝶春情》，很受歡迎，但名稱改為《蝴蝶是自由的》，男主角換上一個上海人。」

我感謝焦媛的坦白：「今天，得着頗多。你有話和年輕演員說嗎？」她感慨：「戲劇大師鍾景輝在演藝學院教導我們，要有觀眾，才算『表演行業』，演員不是為了『自娛』。但能否抓住觀眾，靠的是『天時、地利、人和』的未知之數。敬愛的先父焦貴新的前半生，在舞台度過，他說得好：『女兒，演藝是命呀，別生氣，「會吃的，吃戲飯；不會吃的，吃氣飯」。』做演員，要有失敗的心理準備，故對名利淡薄一點，對生活簡單一點，轉行的話，也不太痛。而決定留在這一行的，我用作家蔣勳在《歲月靜好》的一句送給他們：『靜待屬於自己的花季時間。』突然，你收到一個工作電話，便改變命運，對嗎？」

聽說，地球上最好奇的動物，是海豚，牠們永遠愛躲在一旁，安靜地，滿懷想法，觀看人類。噢，我是說海豚還是說 Perry 呢？

焦媛，令人難忘的特別女人，她過去是北京、香港、上海的，未來的生命，肯定是富良野的薰衣草花田，浪漫繽紛。對奇女子來說，精彩生命不難預期。

回家，我的筆記，似有、仍有、想有，她笑盡猶淚的餘香。

筆華棋：Kidults

長大了，真好：26 歲的健康，62 歲的財富；床邊，仍有一堆未拆開的玩具，如過氣情人。

甚麼是心智成熟？

也許，是懂得控制任性、包容這世界、別因朋輩而迷失思考、愛護家人、「以德服人」而不是炫富 .....

近十年，有一個社會名稱叫「kidult」（傑斗），指一個成年人，仍未「成熟」，活得像個少年。中國人，傳統上拒絕心智不成熟，以往形容這群人，都是負面的，例如「不長進」、「花弗」、「唔生性」。合理的，便稱「大細路」。電視廣告出現的中年 kidults：卡通聲調、漫畫動作、誇張表情、奇怪歌舞。歷史上，最著名的「大細路」叫 Michael Jackson，擁有佔地 11 平方公里的「夢幻樂園」。

我認識一位很有教養的「暖男」，聲音動聽；他最初是《東Touch》雜誌的編輯，後來是作家，現在，是成功的藝術策展者、經紀人。他叫筆華棋（Matt Chung），1988 年出生，在聖約瑟書院唸到中二，去美國唸書；波士頓大學畢業後，回來香港。這裏有他的家，父親是《新報》的著名老編，媽媽是個讀書人，「亦舒」小說多得佔據了 Matt 的房間。

流行藝術，叫 Matt 進入忘我狀態，他 24 小時跟進 kidult 買家的查詢。

NIKE
AIR
AIR FORCE 1

長的是折磨，短的是人生，所以「出名要趁早呀」；筆華棋，二十來歲，已是出名的作家，早來的成就，帶出痛快。他專寫香港富二代墮落的生活，如吸毒和濫交，駭人聽聞，轟動作品有《賺錢買維他奶》、《Playboy 文》、《X 二代》等。年輕作家中，我最喜歡 Matt 的獨特風格，作品充滿時代感和不安。小説背後，更有一份正義感：他在揶揄香港極端資本主義下的貧富懸殊。

Matt 幽默：「張愛玲説『出名要趁早』，可能因為作家收入慘淡，故此，成名以後，還來得及轉行！」

我問：「你為何停止寫小説？」Matt 苦笑：「缺乏韌力吧。寫作，要面對漫長的奮鬥，才有合理回報；寫了多年，自己像一隻泊不了岸的孤舟。我喜歡視覺藝術，因為畫作，是可以擁有的，而且，具獨一無二的投資價值，既然我自信有眼光做藝術投資，何不收藏喜歡的東西。跟着，我把手頭的藝術品，和別人『有買有賣』，經驗積累後，多了一批人相信我，找我作藝術顧問。到了今天，甚至有企業找我做策展人，如為『the WAREHOUSE optic』處理西班牙藝術家 Edgar Plans 的展覽。」

Matt 為了結交國際當代藝術家，當得悉那裏有藝術展，便立刻拿起行李箱，跳上飛機，二十多個小時的行程，只為和藝術家見面、握手、喝杯茶。Matt 又苦笑：「無論網絡怎樣發達，也取代不了『面對面』的交流，而很多藝術家，如果沒有見過面，他們不會信任，把作品賣給你的。在藝術圈，人，仍有性格，不是『有錢能使鬼推磨』！」我學習 Matt 那溫文的苦笑：「我怕長途飛機，更怕在時差顛倒下，半夢半醒和陌生人吃 business dinner，幹不了你這行。」Matt 點頭：「香港的人口太小，藝術又是相對冷門的行業，故此，我要邁進世界圈子，才能增加買賣的交投量，這目標當然不容易，但是，當十元的東西，因為自己的眼光，變作五十元賣出，那種驕傲，不是慢熱的寫作，可以比較。」我點頭：「香港人，以往是吃『小島』飯，年輕的一代，要有志氣，抓着五大洲的機會！」

Matt 切齒：「噓，許多人只看到香港眼前的局限，而不發掘自己年輕一代擁有的優勢：例如，網上營銷，我們比年長的人『精靈』十倍；學習科技，我們不覺繁複，而外語能力，比父輩要好。」我笑道：「很多人每天只是吸收 internet memes，一切見解只是從別人口中聽回來，三人成虎，恐懼和無知，就是這樣產生。」

Matt 樂觀地：「『新人類』kidults 所產生的龐大商業市場，是不能忽視。」我抓抓頭：「為甚麼全球愈來愈多 kidults ？現在五、六十歲的，也有 kidults ！」他說：「香港靠地產富起來的人多的是，家裏有『rich dads』，卻只生一、兩個孩子，到了『富二代』長大，自然多錢揮霍！」我搖頭：「香港貧富不均的嚴重情況，必須用稅制改革來解決！」Matt 補充：「以往，人們六十歲便面對死亡，現在，生命延長，三、四十歲還像個大孩子，是正常的！」我笑：「要了解現在的年輕人想甚麼？把他的年紀減去十歲，便明白他們的心態。」他想想：「還有，年輕人，靠自己賺錢的人也不少，如在 IT 行業、投資、炒賣波鞋和 bitcoin 的，叫他們拿數十萬出來，面不改容，而且，kidult 東西，常有炒賣價值。」我同意：「真的，成年人嚮往自我，不再談『成家立室，揚名立萬』，有錢，要 spoil 自己，再不是『活在當下』，而是『盡歡此刻』！」Matt 喜悅：「未來，地球應有足夠的 kidults，發展一個『傑斗經濟圈』；

kidults 在所謂『成熟人』的世界，充滿挫敗感，老的常說『你懂甚麼』、『舊的方法行之有效』、『行先死先』、『投資好過創業』等；新人，只是把他們墊得更高的下屬。當然，年輕人被叫『廢青』的時候，傷心之後，亦要『發力』，證明自己！」我推測：「對，人類會面對一場『世代之爭』。」

Matt 吃了一口韓燒牛肉：「那些不快樂但又不移民，留在這裏，既不喜歡老闆而又有充滿負面情緒的，應該放下物質追求，以創意和冒險精神，在 internet 打開無限的事業世界，就算失敗，再站起，又如何？以我自己為例，作家的路，曾是重重難關，於是這幾年，我利用電子網絡，打開 kidults、figures、toys 的市場，雖然付出很多，但是，在收穫上，也極豐富。」

我八卦：「你喜歡甚麼當代藝術？」Matt 不用想：「玩具方面如 Medicom Toy、Case Studyo，當中的玩味，叫人愛不釋手。」他頓頓，望着咖啡：「藝術方面，如 Edgar Plans、Javier Calleja 和 Yoshitomo Nara（奈良美智），愈『潮』和『型』的作品，kidults 便愈喜歡；也許現實殘酷，我們需要一個自我天地。」

我問 Matt 事業上的難忘故事，他興奮地：「我輩的 kidults 有兩個大師級偶像：美國的 Futura 和日本 Nigo，Futura 是首位將抽象藝術融入牆壁塗鴉的創造者，而 Nigo（長尾智明）是日本街頭服裝 A Bathing Ape（猿人）的先祖；在 2019 年，我『膽粗粗』問香港名設計師陳幼堅（Alan Chan）借出他在鰂魚涌的藝術空間《Space 27》，邀請德高望重的 Futura 來香港，搞一個叫『Abstract Compass』的個展，跟着又『膽粗粗』邀請 Nigo、日本頂級藝術家村上隆（Takashi Murakami）、饒舌歌手 Pharrell Williams、紅星余文樂等從各地來參加這展覽，嚇我一跳，除了 Nigo，其餘都來了，全世界報道這盛事，余文樂還帶太太和孩子出席，買了 Futura 的作品，放在家裏。這個盛事，肯定了自己的眼光。那次，有數百萬元的交易量，我打了一枝強心針，也肯定 kidults 的藝術方向，我以後會把名氣、商業、玩意、音樂、創意放在一爐！」筆華棋讓我感受到「傑斗」們的個性，雖然口味如少年，但是，他們的執行能力，絕對是成年人應有的，而且，還加上一份破舊立新的青春。

傳統的藝術圈子，藝術家成名與否，有着嚴格的「好」和「不好」的規則：畫廊、專家、博物館、藝評人、藝術出版商、拍賣行的評價和監管，不能越雷池一步，現在的 kidults，因為擁有網上世界和消費能力，已把遊戲改變，只有「紅」和「不紅」。將來，在藝術界，誰是「坐館」？誰只是「幕客」？天曉得；但是，「亂拳打死老師傅，新愁常續舊愁生」，無論 kidults 或 adults 總會老，時代的風光，就如臉皮上的青春豆，換上老人斑……

陳尚來：三評

自己的故事，似水；而別人的故事，才是美味雜果賓治。有句話「事不關己，己不勞心」，但是，人是 social animals，好奇有理，八卦無罪。

最近，兩位社媒年輕名人林作和鍾培生相約「打擂台」，公開拳賽較量，為的，是個人氣量。

A 君即場精簡旁述：「他準備發拳，對方走向角位，他立即撲去。」這些報道員，我們叫「局外人」（play -by- play commentator）。「局外人」評述員的優點是客觀、「有碗話碗」，缺點是沉悶。

B 君作旁述，則激動大叫：「林作，不想打便別打，何必被人追到就『無限擁抱』對方，你抱夠未？」這些評論員，我們叫「入戲人」（emotional commentator）。他們的優點是娛樂性豐富，缺點是有欠公允。

C 君作旁述，像朋友般説出內幕：「林作告訴我，他今次的策略只求不被 KO（knock out，即擊倒），不期待打倒鍾培生！」這一

TOKYO 2020
TOKYO 2020
Atos
TOKYO 2020
TOKYO 2020

種，我們叫「自己友」（relationship commentator）。他們認識作賽者，報道起來，道出個人情報，優點是親切、內幕性，缺點或「出賣私隱」。

我們日常生活，你可曾是這三類人？有人說：父親多是 play-by- play commentator，母親是 emotional commentator，兄弟姊妹多是第三類 relationship commentator。

陳尚來（Owen Chan），香港大名鼎鼎的 sportscaster（體育評述員），也是體育活動策劃人，中文大學畢業後，於 1983 年加入無綫電視體育組，任職記者，數年後，升為總編輯及主持，我們叫他「體育王子」；他 1994 年離開 TVB，先後加盟衛星電視與 ESPN 任高層。他從東京回來，協助了香港政府處理奧運轉播安排的協調。

方力申（Alex Fong），香港無人不識的四棲藝人：演員、歌手、運動健將和節目主持，香港大學畢業。2001 年加入演藝圈，多部電影的「男一」。他曾是香港奧運代表，打破多項香港的游泳紀錄，外號為「飛魚王子」。

今次，請到兩位「王子」談天，講體育評述這題目。我曾在電台及網媒主持節目，而眼前，又有兩個主持，三個男人，像做 talk show：我喜歡發問、Alex 喜歡表達、Owen 喜歡總結，不亦樂乎。電視台應該找我們做個節目，叫「吹水三王子」。

Owen 說：「做體育節目主持，必須有三大條件：game knowledge（運動知識），包括它的規則、未來趨勢、行內新聞。我記得當年電視台要求奧運節目，加入曾志偉、『阿叻』等明星坐鎮，我說：『可以，但到了播放運動員比賽片段，必須由專業評述員負責評論和分析！』」

他繼續説：「第二多是天生的，叫 quick thinking，即反應快；比賽時，意料之外的事情經常發生。有些運動員平時不怎樣，但是心理質素好，沉着突圍，『唔聲唔聲，嚇你一驚』，突然在世界賽奪獎，那麼直播時，對着這些『大賽黑馬』，便要立刻作出反應！」

他最後説：「第三是 voice and style，觀眾喜歡的評述員，有獨特的説話方式、聲調和表達能力，大家就算閉上眼睛，都認得出；而且，在錄影室做 brief reports、在記者會做 stand talk、在賽場旁邊做 side lines 講解，説話緩速，都有區別。香港歷史上，從六十年代數起，有『大聲葉』葉觀楫、『何老鑑』何鑑江、『阿盲』伍晃榮等，除了何鑑江，其餘兩位都走了，名師都生鬼、抵死，充滿個人風格。」

Alex 同意：「體育評述員和運動員一樣，不能懶惰，它和娛樂節目不同之處，是在評述前，主持要做大量研究，例如各國的參賽選手，他們的背景是甚麼？年紀、身高、世界排名、獲得獎項、傷患狀況等個人資料，要事前掌握，不然，某位突然勝出，你卻對他一無所知，那是不專業的。同時，也要照顧觀眾的喜好，香港的觀眾，肯定關心本地運動員，那所需的資料，更要詳細。我希望自己的評述方式是『直接、真實、公允、專業』。」

Owen 笑道：「對，有時候，看評述員提出甚麼問題，就知道是否專業？體育很多專業用詞，外人不懂的，如『分段起跳』、『緩衝步』、『切欄』、『相互張力』等等，光是了解這些運動術語，已是一門大學問。」Alex 接着：「非專業的評述員，只能閒話家常，例如運動員的服裝是否好看、表情是否輕鬆、樣貌有沒有星味等等。我覺得這是糖，不是咖啡本位。」

我問：「你們訪問運動員，容易得到友善反應嗎？」Alex說：「本地運動員，都認識我，我曾是他們的一分子，故此，有親切感，和我非常合作。但如想找國際級的運動員做『單對單』的訪問，絕不容易。至於賽後的發佈會，我們行內叫『圍毆』（即運動員接受多人集體訪問）的直播時候，會有一個『兇惡』的information officer在旁邊，限制每個記者發問時間，夠鐘，便大聲喝停，故此，我們要『執生』，集中在一些香港觀眾特別關心的問題。」我自作聰明：「最簡單的，一定是問『你有沒有說話對香港朋友講呀？』」

Owen解釋：「我們老手的採訪員，已建立默契，在『圍毆』的時候，大家盡量提出不同的問題，避免overlap。」

Alex想到一點：「問題可能都差不多，所以，It is not about what you ask. It is about how you put it。我同意Owen所說，語氣和措詞很重要；例如美國頂尖籃球員LeBron James是『數朝元老』，率領多支球隊在NBA奪冠，但有人不識趣地問：『你年紀大了，要退下來嗎？』幸好LeBron James得體回應：『我比之前更有智慧和謀略！』」Owen大笑：「唔，他應該問：『你經驗非常豐富，下一步有甚麼更佳安排？』多年前，國家運動員出外比賽，我們問甚麼，他們總有一句得體的回應『感謝黨和國家的領導……』，現在，都沒有這句了。」

我問:「剛才你們提到『執生』(隨機應變），還有甚麼趣事？」Owen說：「『拼搏』精神，是香港人的特色。1994年，在美國世界盃足球賽，巴西隊在閉門訓練，只容許巴西電視台入內採訪，但我們發覺球場的後門，是開着的，於是我和搭檔郭家明（前香港足球隊教練），『膽粗粗』閃進去拍攝，最終得到珍貴片段。」我取笑：「這些事，就算我是主持，由於身為律師，哪敢！」

Alex 偷笑：「只要不犯法的，甚麼招數都用過，例如多買一些紀念章、小玩具，送給那些守閘員，請求他們通融一下。『感謝』和『道歉』常掛在嘴邊，是採訪的必須禮儀。我們進入一些會場，接待處説沒有登記，不能進入，但就算我們未及查明，也堅持公司早已經預先登記，『搽地』要求進入，哈哈哈！」

我最後問 Alex 和 Owen：「你們做報道時，有甚麼不會問？」Owen：「我集中在賽前備戰和賽後感想等問題，別人的私生活、令人尷尬或煽情的，我不會問。」Alex 點頭：「同意，例如代表香港出戰奧運羽毛球混雙的謝影雪在賽事期間哭了，我不會再問長問短，『製造』任何煽情場面，我簡潔地打圓場，為她打氣；再施加壓力，只會令運動員洩氣！」

我追加：「運動員應該如何應對問題？」Owen 説「答得多便會進步，不用擔心。」Alex 謹慎地：「直接、誠懇，成績好或不好，坦然接受，所有運動員，多講沒用，以優異成績來表白，是最有力的。有人批評運動員的形象不應『商業化』，例如賣電視廣告，我不同意，運動員也要生活，商業行為有何不可？年輕人除了以明星、歌星作為偶像，為何不多點以健康運動員作為榜樣？故此，運動員『出 post』，抱貓養狗、旅遊『打卡』、建立 fans，大家應該接受。運動員多些收入，便可有更多 resources 購置訓練裝備，難道天天『post』訓練日程，自己不悶，別人也悶啦！」

和方力申、陳尚來天南地北一番，快三小時，沒有悶場，陣陣撲面而來的，是他們的健康味道。我在中環打滾，閱人無數，銅臭比墨香多；商界中人，常愛說：「人不為己，天誅地滅，以最大利益為依歸！」而運動員，為理想和目標而活，一方面要練習，一方面為生活而奔波，故此懇請香港的有錢人，多點資助為體育和文化默默付出的所謂「傻人」。這些笨蛋，讓香港這片沙漠變得美麗，為我們700萬人種植一片鬥志草場，或滋潤心靈的綠洲。請支持香港文化和體育！

朱慶祥：樂香

年紀，像減肥吃提拉米蘇蛋糕，最怕面對，是它的最後幾口。

當活到九十多歲，你會怎樣？長臥醫院？在公園長一聲、短一聲？關在家，足不出戶，像一尊佛？ 2021 年，朱慶祥粵樂大師（朱老）94 歲了，還開演奏會，在新光戲院做「頭架」，獲頒演藝學院的榮譽博士；記憶中，是學院歷史上，最大年紀的博士。

西洋有歌劇，我們香港有粵劇。我正研究大文豪唐滌生的一生，在 1959 年 9 月 14 日晚上，唐的粵劇新作《再世紅梅記》在銅鑼灣利舞臺首演，當演至第四幕〈脱阱救裴〉，李慧娘鬼魂破棺而出，唐昏倒在觀眾席上，急送往聖保祿醫院搶救，可惜不治，終年 42 歲。唐「文」金「武」（金庸精於武俠小説），成為香港文學的兩大偉人。

朱老1927年出生，仍然俊朗、皮膚滑溜、精神飽滿。他説：「從粵劇宗師薛覺先到任劍輝、白雪仙，再到我有份『帶大』的龍劍笙、梅雪詩，小弟歷任眾位『頭架』（音樂領班），約一百年前，父親從東莞移民去馬來西亞，本人在怡保出生，在『舊街場』的戲院長大，父親和叔父均為粵劇樂師，兩位哥哥朱致祥、朱兆祥和我，繼承衣缽，行家暱稱我們為『豬大腸』、『豬細腸』、『豬粉腸』，名曲《鳳閣恩仇未了情》的主題曲〈胡地蠻歌〉是『大腸』的作品。我識得中、西樂譜，早、午、晚勤『練功』，鑼鼓、二胡、三弦、古箏、結他、小提琴、色士風我都玩，『搵食』嘛，要『百

2021
The Hong Kong Academy
HONORARY AWARDS
香港演藝學院
榮譽博士暨榮

搭』。當時，馬來西亞規定男人到了 30 歲，才可離境；我 1959 年 32 歲時，終來到香港，所以，有兩件遺憾事情，第一，因為唐滌生在 1959 年去世，我和他同台不多；第二，首屈一指的花旦芳艷芬 1959 年在英國結婚退休，除了在 1954 年她到馬來西亞登台，我再沒有和她合作過；其他大老倌，都在馬來西亞切磋過。」

朱老的手掌弄傷了，他摸摸，再說：「大哥和二哥在八十年代已『升仙』，我不負他們的栽培，領導了仙鳳鳴、雛鳳鳴、慶新聲戲班。人老了，在健康上、精神上，都要『愛錫』自己。我住天后廟道，早上 4：30，到維多利亞公園打八段錦；中午，花兩個小時和學生練曲，如他們不來，便自己玩樂器。」

我見朱老吃得不多，送上一塊炸子雞給他「填肚」，他的好弟子王勝泉呵護備至，在旁照顧師父。我接說：「五十年代的『大戲』風雲人物，活到今天的，都九十多歲，像『和氏璧』般珍貴。我為了研究唐滌生，要訪問大老倌：找吳君麗，她病倒後走了！找尤聲普，走了！找陳好逑，走了！找任冰兒，也因年紀大，推辭了！認識羅艷卿的契仔錢兄，但她不想見陌生人；經朋儕敲白雪仙的門，回覆是『逝水無聲』。而阮兆輝和羅家英在五十年代，還是小孩子。能夠說出 70 年前粵劇舞台風光的，僅有九十來歲的『容姨』譚倩紅，她 1941 年在澳門被任劍輝、鄧碧雲帶入行，她對人和顏悅色，告訴我：『當年，鄭碧影、陳好逑、任冰兒和我，叫「四大二幫」。』」

朱老靜下來，緬懷過去，低語：「我想起白玉堂、羅品超、石燕子、陳艷儂、新馬仔、麥炳榮、鳳凰女、林家聲，唉，故人西辭黃鶴樓……」

他說：「五十年代香港的粵劇，好『威水』的，紅遍全球有華人的地方，英國女皇來香港，也要看大戲。香港的戲班有大大小小數十台，各區有戲院，演出上百的劇目，在特別的日子如神誕、『太平清醮』、廟宇開光，會在臨時搭建的竹戲棚『查篤撐』。香港演罷，去澳門、婆羅洲、越南、『星』加坡、馬來西亞、美國、澳洲、歐洲、『紐』西蘭，全世界走埠。前台，娛樂觀眾；後台，是工作地方，也是許多人起居飲食的家。」

我開玩笑：「原來在五十年代，香港已經如倫敦的 West End 或紐約的 Broadway ！」

我再說：「外國人來香港，問我們最有代表性的藝術是甚麼？大家會答：『粵劇啦！』但是，許多人從沒有看過粵劇，真的『瘀青』！」朱老同意：「在五、六十年代，香港的粵劇，既是舞台演出，又是黑白電影，還有些灌成唱片，揚威海外。中國人的近代藝術成就中，香港的粵劇，值得中華民族表揚！」

我談到嚴肅事情，問：「香港的大戲，會再光芒萬丈嗎？」朱老語氣堅定：「一定要創造頂級優秀作品，做好宣傳，吸引更大量年輕觀眾；一套好劇，可以演數十場，那粵劇才算再次閃亮！」他頓頓：「最近，我決意貢獻社會，多些復出，但是，也許香港生活艱難，看到有人不專心，是得過且過的『搵食格』。現在，每齣戲只存活演一天，天天『換畫』；當年，例如我們做《李後主》、《紅樓夢》，每次二十多場，每晚演出後，還要檢討和改善。現在是散兵游勇，今天 A 和 B 演，明天 B 和 C 演，白丁之間，沒有嚴格的綵排，『餐搵餐食餐餐清』，拖低水平。『港式粵劇』在中國戲曲的特色，獨特如西方的 jazz，演出時，演員和音樂之間、演員互相之間，像高手過招，例如演員節奏太慢，樂師便引他加快；音樂太平靜，演員立刻換唱法，把場面活潑起來；大家玩弄『有默契的即興』，把深厚功力變為即時的機伶，不能百分之百跟譜，但也不能離譜；要依據當天大家的火花、觀眾的氣氛、場地的特點、各人的長處，「炒埋一碟」，讓觀眾拍爛手掌，有時候，當晚精彩表演想重來，也成事無巧了！」

朱老説話誠懇：「我記得在 1960 年，粵劇票價約港幣八個半一張，當時的人，一個月約賺一、二百元，你想想，等於今天拿千多二千元買票看 concert，並不便宜，但是，香港人喜歡看大戲，『打工仔』省吃省喝也要捧偶像。那時，我工作 4 小時收 80 元，工作數天，便是別人的月薪。當年，行頭旺，工作多，我做完戲班，便跑去清水灣的邵氏片場，『撈埋』黃梅調歌唱電影的音樂工作。宮粉紅叫我跟着她的女兒陳寶珠去『走埠』，我是第一個樂師要求寫合約，訂明每天收美金 50 元！ 1969 年，任劍輝復出演大戲，票價是 50 元，嚇死人，但是照樣賣清光。阿任在銅鑼灣買樓，是一座座的；我在旺角買了人生第一個的大單位，才 38,500 元！大家謹記，『銀紙』會貶值㗎！」

我問：「如何改善粵劇水準？」他感觸：「除了從業者未夠『火候』、沒有綵排、拉雜成軍外，有些態度上只是『返工』，或常『玩手機』。當粵劇沒有優秀動人的演出，觀眾自然流失。我希望政府帶頭，成立如香港管弦樂團或香港話劇團的粵劇『龍頭』組織，找我們仍在人世的，用心培養一班『A 級』的接班人，特別是樂師和『六條大柱』，即花旦、小生、文武生、二幫花旦、丑生和武生，長期給予嚴格訓練。」我插嘴：「中國國寶紅線女在世，來香港見她的『契仔』吳雨時，也是這樣説法，她覺得香港要成立『香港粵劇院』！」朱老再説：「我見過曾有演員竟然在台上站前了，結果要『側側頭』看着對手唱戲，多難看！其實，站在舞台的前、後、中、左、右，多少角度，效果都不一樣，要每件小事情都執正，才算是A級演出。當年雛鳳鳴劇團，便是在白雪仙的嚴厲下，高徒才來自名師。以音樂為例，現在年輕人的技術非常好，但是沒有人逐點指正，導致他們的音樂缺乏『粵劇神韻』！」

我換話題：「朱老師，有沒有往昔粵劇名人的好笑故事？」朱老未講已先笑：「1957年，任白的《帝女花》紅透香港及東南亞，『慈善伶王』新馬仔去到怡保演出，觀眾堅持他要演《帝女花》，他為了滿足觀眾，只好答應，但是《帝女花》不是他的劇，如何記到歌詞呢？他想出妙計，其中最長的一幕叫〈庵遇〉，要唱足半個小時，新馬仔叫台工躲在枱底，當他一面唱，這個工作人員一面『提場』，但是，這傢伙膽敢在枱底下吸煙，而且還兩枝『打孖』來抽，觀眾看戲，竟然看到枱底不斷冒出煙，以為有東西燒着了，搞到新馬仔尷尬不堪！」

朱老意猶未盡：「丑生王梁醒波最喜歡在舞台『搞搞震』。名劇《再世紅梅記》，原本有一幕，絳仙獲無罪釋放，但波叔依依不捨，調侃而別，他那刻『玩嘢』，故意説：『哎喲，你個阿仙！「衰仙」！「死仙」！』觀眾笑得捧腹，被戲弄的白雪『仙』聽得不是味兒，做了數個晚上，白雪仙決定取消這段『絳仙』情節！」

朱老愈説愈高興：「為了訓練站在後面的宮女（行內叫『梅香』）的忍笑功力，波叔有時候會走近她們，細聲説：『為甚麼你這般肥？去減肥啦！』又會對另一個説：『我不想和你拍拖，別碰我！』梅香想哈哈大笑，但又要強忍；當時只有吊咪，沒有『掛面咪』，所以波叔開玩笑的時候，觀眾是聽不到的；但是，嚴肅的仙姐常常罵波叔不要在台上開玩笑！」

他突然開懷大笑：「另一個笑話是演了七十多部《黃飛鴻》電影的關德興的故事：他去馬來西亞登台，有一場，他表演『神鞭』，揮動長長的軟鞭，把演員抽在嘴裏的雪茄打掉去地上，不過，演出失準，第一次，打到演員的鼻子，演員叫痛，關再揮鞭，又失手，演員的鼻子輕微出血，演員竟然聰明地把兩枝呂宋雪茄用手指拿着駁長，於是神鞭一拍即中，笑得我們倒地！」

我也狂笑：「有沒有故事是未作古的？」朱老的記憶力驚人：「有，是關於阮兆輝的。阿輝的師父是麥炳榮，但麥不懂看譜的，遇上新歌，要別人先示範導唱；在行內，我們叫新創作樂曲為『生聖人』；於是，我會給這乖孩子阮兆輝操曲，他學了以後，便回去唱給麥炳榮聽！」

我問：「老師，有沒有心底話和香港人傾吐？」朱慶祥語重心長：「一個地方擁有自己獨特的文化和藝術，得來不易，需要時間和前人的努力，粵劇的成就是四十、五十、六十年代，前台和後台大夥兒的心血結晶，如果消失了，未來一百年，未必再有其他代表香港的巔峰藝術；所以，老土也要說：香港人要『承先啟後』，在過去的基礎下，尋求突破，讓粵劇藝術一代又一代下去，再現光芒！」他頓頓：「還有，粵劇反映了香港人的性格，我們靈活、求變、中西合璧、充滿創意。粵劇講求演員和音樂之間的合拍，這份和諧和融洽，正是我作為生活在香港數十年的老人家，對未來社會的期盼。大家要開心融洽地面對日子，過去的，都戰勝了；未來，更要這樣！」

和朱慶祥老師談天，如沐春風，他回答每條問題，都展露笑容，縱然我喋喋不已，也盡心聆聽。他談及人生，某瞬間，為我帶來春暖 。朱老的一生，高低甜酸、生離死別，都經歷過，今年九十多歲，無懼、無怨，享受活着的樂趣。他說：「做人，不必多想，做好每一天，身體健康、快快樂樂，善用眼前的擁有。」

沒見過星空，不知道宇宙的天高，沒見過朱老師白雲般的灑脫，不知道甚麼是百煉千錘的恬靜；做人，就是看破、看透，與人無爭之時，又不厭凡塵。朱老師，祝你長命千歲，永留在我們的身旁，春風化雨，潤物，有你的鑼鼓聲。

余震東：Busker

「賣」，將東西去換錢。用物，叫「賣貨」；用才華，叫「賣藝」。一串魚蛋，底氣還值十元，有客有價；想唱歌「賣」錢？卻隨時會招致羞辱。別人說：「抖音天天有歌聽，不用錢！」賣藝者景況愈來愈頹，我也想封筆了。

香港的歷史，歌衫帶淚痕。一百年前，歌女在街頭唱、妓院唱、茶樓唱、市集唱。後來，在舞廳唱、酒吧唱、夜總會唱、歌廳唱。到了七、八十年代，才修成正果，可以開演唱會，但風光不夠二十多年，樂壇又倒。今天，歌者躲到雲端網上唱，但很難「聽者自付」，拿的，是「或有」打賞，只好冀望副業有道，可以當 KOL、「帶貨」、搶廣告、商場「騷」。藝和才不值錢，人被矮化，身不曲不得。

小時候，看見油麻地廟街夜市唱歌的：五、六人樂隊，男、女主角打情罵俏唱《游龍戲鳳》，這些視為「賣唱」，其他區分，單槍匹馬表演者，慘被叫「乞兒」。大眾卻心態出軌，人家愈想錢，愈不想施與。十多年前，政府容許在旺角西洋菜街賣藝（現在，也禁止了），年輕人懂得包裝，新稱號是「buskers」，busk 的原意是「找」：找知音、找飯吃、找夢。

娛樂圈朋友說：「現在找新人，會這樣做：主辦歌唱比賽，一大堆 boys 和 girls，看誰打贏持久戰？去工廠大廈聽 indie（獨立音樂）『騷』，哪個歌風可『入屋』呢？最後，巡巡 busking

熱門地點，如天星碼頭，看有沒有『標青』歌手？」

年輕的余震東在中環碼頭前面行人天橋 busking，給經理人鄧慧詩發掘，從此走上歌手之路。震東高高瘦瘦、正派、樸實，感覺像台灣的張震嶽。他害羞地：「街頭 busking，有兩件事情，我堅持的：首先，要背熟歌詞和樂譜，才會唱出感覺，音樂不是『唱K』，要融入體內，才算盡責；如果歌手沒有堅持，把每次表演看作最後一次，便變『混飯吃』，向下流。此外，buskers 同行，在街頭吃風吞雨，應該互相幫忙，如果還因『爭地盤』而傷和氣，何必？」

余震東，出身大埔基層家庭，住公屋，家裏環境不好，但母親支持他學習音樂，就讀的著名救恩書院，容許震東在音樂科轉玩非傳統的「流行結他」。母親說：「東，既然你喜歡音樂，不用擔心學費，去追音樂夢吧！」除了上學，震東還去鑽石山的香港國際音樂學校上課，學習聲樂和作曲。

中學畢業後，震東不介意在建築地盤打工，處理消防裝置，他說：「地盤工以日薪計，時間彈性，容許我上街唱歌。雖然日曬雨淋，但是想到唱歌，我便快樂。」

我問：「為何選擇在街頭唱歌？」震東：「我喜歡唱歌，最容易的方法便是在街頭『擺檔』，其他方法，如找娛樂公司，太有機心，複雜的計算，會扭曲我對音樂的初心。」

我再追問：「有沒有想過，busking 不能『搵食』？」震東抬頭失笑：「沒有！我是簡單的人，甚至要找拍檔，也覺得麻煩。我買了一支較好的結他、一個樂譜架、弄了些基本的音響設備，便跑去中環『擺檔』唱起來。最初，有點害羞，但是想想『音樂

需要知音』，我的膽便大起來，把行人看作朋友。記得第一次有人把零錢拋在地上，我不覺得是同情，這些心意，是鼓勵的『打賞』。」

我求知慾強：「有沒有黑社會向你『收片』？」震東不等半刻：「沒有，反而警察走來，勸喻我離開，因為有人投訴阻街，我收拾東西，立刻轉去別的地方；像幽靈，神出鬼沒便對。」

我關心：「父母有沒有反對？」震東合掌：「媽媽永遠支持我，爸爸擔心我收入不穩定。其實，好的月份，可賺到一萬元！人窮，便要節儉，我一天只在外面吃一頓飯，還要在『下午茶』時段，挑特價套餐。內疚的，是沒有能力養家。」

我笑：「聽說你做 busking 要跑場？」震東笑：「中午，尖沙咀多些『客人』，他們是遊客；到了黃昏，坐船趕去中環，因為下班時間，白領眾多。」

我搖頭：「真不容易！」他俏皮地：「放心，中環和尖沙咀的『客路』不一樣，我不用重唱太多歌曲，挺開心的。」我試探：「有時候，一個人在戶外唱數小時，會寂寞嗎？」震東：「香港人害羞，很少有人找我聊天，所以，我對着空氣唱，空氣成為我的朋友，它還有溫度呢。」

我說：「後來，你放棄了地盤工作？」震東：「對！我想做『專業』busker，寫些新歌給自己，故此，一星期，三天在街頭賣唱，兩至三天在家作曲。」

我開另一話題：「觀眾是甚麼人？」他拍拍腦袋：「經過的路人，有不同年紀，而駐足看的，亦有老有嫩。最難忘中環有位婆婆，八十多歲了，堅持把紙幣塞到我手上，表示尊重我。中環人比較爽快，給二十元紙幣；尖沙咀的人比較『豪邁』，會把零錢擲在地上。他們幫忙了生活，我都感激！要唱歌，有錢才可活下去。」

我問：「你挑甚麼歌曲來唱？」震東吸了一口氣：「我的歌分三種：討好別人的歌，有些老金曲，例如《*Fly Me to the Moon*》，一開腔，途人便圍起來。至於我喜歡的歌，以國語為主，例如李聖傑的《痴心絕對》、莫文蔚的《忽然之間》。第三種是自己創作的新歌。」

我問：「在街頭賣 CD 嗎？」震東：「哈，沒有，我要求『賣唱』一事，純正簡單。」

我想想：「有沒有難忘人物？」震東也想想：「有兩位。黃劍文，他出身單身家庭，相依為命的母親自殺了，他決定走遍全世界做 busking『電波少年』，用歌聲鼓勵別人好好生活，唱歌不單是賺取旅費，也尋回失落的人生。另一位是永遠穿紅衣的嬸嬸，外省口音，我們叫她『北京道歌后』，她沒帶樂器或音響設備，站在那裏便清唱，目測四方，用『銷魂』的眼神唱鄧麗君歌曲，尋回自己的美麗。」

我頓頓：「覺得 busker 會變主流手嗎？」震東望着天花：「唔，想也不敢想。不過，現在的 busker 可以把 MV 放上網，『自紅』也可以。」

我問：「busking 和登台唱歌的分別呢？」震東即場示範：「在戶外唱歌，會誇張點，例如有時加些『哭腔』，引人動容；有時又會把結尾音拉長，增強感染力。」

我調皮：「人有三急，又怎樣解決？」震東正經地：「在外面唱歌，常常流汗，小便的需要不大；而『大件事』呢，幸好它守規矩，在演出後，忙把細軟收拾後，拖進廁所，安心解決。」

曾經有一個著名街頭藝人說過：busking 是既自信又謙卑的工作，當你認為自己行的話，便跑到街外，自設舞台，一嘗當歌星的暢快；但是街頭是大家的，佔據地方，要懂得禮讓，別人稍一不滿，立即撤退。想起來，這兩極的心態，對年輕人來說，是很好的 EQ 訓練。

我的文章常常談夢想，青年人的夢想達到，未算幸福，它可能只是快樂；有時候，夢想幻滅才是幸福，因為受過重傷，已無傷可再重；這不是阿 Q，是 AQ ！

方志基：酒濃

我把白開水倒進時光的酒瓶，幻化伏特加，一口喝盡。回憶醉人，情是香港濃，酒是香港醇！

據説，酒，最早來自發黴後的果子汁液，到了約三千年前夏商周時，穀物發酵而成的「黃酒」，成為商品。約一千年前的宋代，人們把釀好的酒，再蒸餾提煉和淨化，變成「白酒」，酒精濃度更高。中國的著名黃酒，有女兒紅、西塘、古越樓台；著名的白酒或燒酒，如茅台、五糧液、玉冰燒。

那香港呢？我和「酒專」方志基（Nigel）談了，他在中環買賣中外名酒，店叫 J.L.Gill （since 1875），是蘇格蘭老店，收購回來的。他 13 歲去英國讀書，愛上了酒；2012 年，在英國收購威士忌酒莊。他的上幾代，祖先叫方樹友，在大澳開了賣酒為主的雜貨店。Nigel 笑：「約百多年前，英國人未佔領香港，大澳的漁、鹽業已十分興旺，是珠江航道的『貿易市』，在這人口眾多的漁村，沒有喝酒的地方，居民只能去雜貨店買酒回家喝。當時，雜貨店用一個個瓦缸盛載着酒，人家拿湯碗來買，店東用竹造的殼把酒舀滿，交易以『殼』做單位；酒，沒有玻璃瓶或包裝紙。」我開玩笑：「弱『酒』三千，只取一瓢飲，多浪漫！」Nigel 説：「粵劇名伶龍貫天的家族，在第二次世界大戰以前，已在赤柱大街開酒舖，叫『醴香』，哈，那可能是第一代的 bar，客源是赤柱的漁民及英軍。至於市區，從前的『三角碼頭』（永樂街盡頭）和中環街市一帶（即嘉咸街等），雜貨舖都賣酒，前者服務碼頭的苦力，後者服務家庭客。」我接着：「聽説當年在九龍，賣酒的地方集中在油麻地上海街一帶的『辦館』（賣洋貨的地方）和雜貨舖；而佐敦道則是時髦的百貨街！我記得小時候，人們喜歡坐在路邊的矮櫈，飲茶和飲酒，談天説地！」我補充：「當時，澳門是葡萄牙的殖民地，故此在港澳碼頭，有葡萄牙的名酒出售，一種叫砵酒（Port Wine），另一種叫蜜桃紅（Mateus Rose 譯音為『碼頭老鼠』），是大家必買的手信。另外，港澳碼頭前面有大笪地，即夜市，表演者純熟地舞弄毒蛇，一方面賣蛇膽，另外一方面則推銷三蛇大補酒！」

我好奇：「香港有沒有『made in Hong Kong』的好酒？」Nigel 苦笑：「香港是熱鬧城市，沒有名山大川等好水源，哪有真正好酒？好的水，要天然甘香，沒有污染。當年，最普遍是酒莊自製米酒、黃酒，另外，還有玫瑰露（玫瑰花和冰糖釀製）、五加皮（加入五加皮、肉桂等），這些酒有藥用價值。最特別是『老鼠仔酒』，從穀物中找出還沒有長毛的老鼠 baby，放入米酒，浸泡時間愈久愈有益，坐月的孕婦愛喝，因它能防止發冷的月子病。朋友送我一瓶 30 年老鼠酒，你可拍照，如夠膽量，試試老鼠肉！」

1948 年，菲律賓的生力啤酒（San Miguel）來港設立啤酒廠，水源來自深井山上的清溪，從此，香港出現廉價的本地啤酒，改變了香港人的喝酒習慣。當年的喜慶宴會，送上的餐飲「四寶」，是可口可樂、七喜檸檬汽水、玉泉忌廉汽水和生力啤。

Nigel 請我喝老鼠酒，才不敢！幸好，老鼠酒在香港已鮮有所聞。他説：「那年代，香港的管治國是英國，在上流社會，流行

喝威士忌（Whisky），它以穀物釀造；出名的有十八世紀的『白馬威士忌』（White Horse）（他們發明旋轉金屬蓋，取代軟木瓶塞），還有老牌的『雀仔威士忌』（The Famous Grouse），但這些酒都很貴。」

Nigel 喝酒，小口的，入口後，頓頓思考，才說：「到了六、七十年代，葡萄釀造的法國拔（又稱『白』）蘭地（Brandy）開始流行，例如『馬爹利』（Martell）、『金花』（Camus）、『拿破崙』（Courvoisier）等。」「一般拔蘭地，酒齡兩年便可喝，儲存很久的叫『XO』，即『extra old』（特別老）的意思，香港人喜歡叫『交叉窿』，怡和洋行當時進口的 XO，一瓶售數百元，等同『打工仔』一個月的薪水，所以，在香港社會，『XO』一詞等同奢侈，如『XO 醬』，是矜貴的醬汁。七十年代，任何酒樓、夜店，如不放數瓶『人頭馬 XO』、『馬爹利 XO』、『軒尼詩 XO』坐鎮，便沒有氣派！」我說：「那時候『蒲』吧，年輕人喝啤酒是以『一打打』計的豪氣，看誰的啤酒罐『山』，疊得最高為勝！」

中國古代，酒是浪漫的，和人生的悲歡離合掛鉤，如「呼兒將出換美酒，與爾同銷萬古愁」，又曰「感之欲嘆息，對酒還自傾」。

兒時，酒，是男人飯茶時放鬆之物，或是親友聚餐碰杯，但一般女性相對矜持，很少喝酒的；現在的人，喜歡「劈酒」，粗鄙難耐，還加上猜枚，吵吵嚷嚷，以前，這些人被罵「酒鬼」，給人看低；歷史上最厲害的「酒鬼」，叫做劉伶，他走到那就喝到那，對跟在後面的侍從說：「死便埋我。」但是，今天竟然有些單身女人，在中環蘭桂坊醉倒街頭，被嘲笑為「路屍」，何必呢？

問 Nigel 本地酒的生產，他說：「如果從外國運輸原酒進來，再入樽或改包裝，不算真正的『香港酒』。香港租金貴、人工貴，想在本地生產美酒，不切實際。外國入口的 table wine（佐餐的紅、白酒）日益便宜；本地酒難以生存，正隨香港許多舊東西，消失無蹤。」

再問：「香港人不愛中國酒，只愛日本酒、西洋酒？」Nigel 搖頭：「也不見得，頗多人喜歡喝茅台等烈酒；此外，不要看輕中國酒，也許沒有人拿來消遣飲用，但是，很多人買米酒來煮菜，總銷量非常厲害呢！本地及內地的酒，要追趕日本，必須在包裝上增值。」

Nigel 享受了半杯威士忌，突然想起一件事：「要提及灣仔一個消失了的碼頭，叫分域碼頭（Fenwick Pier），它是一個非政府碼頭，在 19 世紀，建於莊士敦道，接待來自外國的海軍及船員。在五十年代，碼頭遷往告士打道，由於灣仔不斷填海，大約七十年代，它搬遷到演藝學院附近，但最終給陸地包圍。近年，分域碼頭已被政府納入清拆計劃。」Nigel 追思：「分域碼頭有商場，給剛登陸的兵哥和海員剪頭髮、買手信、寄郵件、裁縫店做西裝，在酒的歷史上，它等同第一代博物館：船員下船，趕買美酒回艙，故當時全世界佳釀都有擺放，琳瑯滿目，開啟民智。」我補充：「在六十年代，因為分域碼頭的關係，灣仔駱克道一帶都是招呼洋人的酒吧，連京菜館也叫『美利堅』；在『酒吧』喝酒的文化，影響了當時保守的社會，我的父輩，才知道原來這樣叫『酒吧』。」

我學 Nigel 話無虛發：「香港人懂酒？」Nigel 一語中的：「懂得喝的，不懂得看，錯過了酒的顏色如畫；也不懂嗅，錯過了酒如百花。所以，酒，要從多角度欣賞，不是飲料般簡單。」

再發招：「甚麼是酒文化？」他如佛祖：「酒，是生活的文化，請不要為了發洩而鯨飲，也不要為了炫耀喝貴酒。酒，無分貴賤，每個人都有享受酒的權利，根據自己的財政和喜好，不分平貴和產地，放入口，感覺良好，輕鬆了、開心了，那便是喝酒的境界。威士忌加水、加綠茶、加汽水，我都接受，喝了數十年酒，我的酒哲學是頗佛系的。一生人，哈哈，肝會限制酒的配額，不要亂來！」

我跳去另一題目：「不同菜式，要喝不同的酒？」Nigel 點頭：「如果講究，真的需要；食物和酒，都講求色、香、味，世上有變化多端的酒和食物，做起 pairing 上來，簡直是百門藝術，不算吹毛求疵。想想：小籠包加醋，更好吃；蘿蔔糕塗點辣醬，更惹味；黃花魚放上五柳醬，更開胃，所以不同菜襯不同酒，當然合理的！」

最後一擊，問 Nigel：「你有眾多投資，為何經營酒的買賣？」他謙虛地微笑：「香港由於背靠龐大的內地市場，本身的稅率低，很多酒又不用抽稅，已是世界酒市場，但是，台灣在 whisky 的國際市場，正急起直追。我很支持香港成為『中西文化的交流中心』的方向，酒，絕對是人類文化的一環，應有一定的位置！」

我的人生，日益佛系，許多事情，試過，便無憾矣。所以，購買衣服，我已去到 window shopping 的最高境界，看而不買，如朋友說：「看過，等於穿過！」我在想：恨過，等於愛過？在方志基的店，看到數以千計的各國好酒，「對酒當歌，人生幾何」！
但酒，想像便夠，不必再倒出來喝，未曾真箇已銷魂。

書　　名　佬文青：無限好

作　　者　李偉民

責任編輯　王穎嫻

封面設計　Johnny Chan

美術編輯　郭志民

出　　版　天地圖書有限公司
香港黃竹坑道46號新興工業大廈11樓（總寫字樓）
電話：2528 3671　傳真：2865 2609
香港灣仔莊士敦道30號地庫（門市部）
電話：2865 0708　傳真：2861 1541

印　　刷　亨泰印刷有限公司
柴灣利眾街27號德景工業大廈10字樓
電話：2896 3687　傳真：2558 1902

發　　行　聯合新零售（香港）有限公司
香港新界荃灣德士古道220-248號荃灣工業中心16樓
電話：2150 2100　傳真：2407 3062

出版日期　2022年6月／初版

ISBN：978-988-8550-23-4